あなたに抱かれて
オメガは花になる

CROSS NOVELS

秀 香穂里

NOVEL: Kaori Shu

アヒル森下

ILLUST: Ahiru Morishita

CROSS NOVELS

contents

CROSS NOVELS

あなたに抱かれて
オメガは花になる

序章

薔薇《ばら》。高貴に咲き誇り、優美な姿を見せてくれる最上級の花。
マーガレット。可憐で、誰にも愛されるやさしい姿。
そして、かすみ草。控えめで、色とりどりの花の——ただの添え物。

1

「ここが華園《はなぞの》学園か……」

学園というには瀟洒《しょうしゃ》な建物を見上げ、葉月煌《はづきこう》は額の汗を拭った。

九月一日。今年は残暑が厳しく、暦《こよみ》の上ではとうに秋に入っていても、照りつける太陽は真夏そのものだ。

都心からやや離れた郊外に、その学園はあった。閑静な住宅街の中にぽっかりと突如広々とした敷地が現れ、三階建ての校舎がそびえ立っている。

鉄柵の門に手をかけたが、びくともしない。あたりをきょろきょろと見回して、気づいた。門の横に監視カメラ付きのチャイムが備えつけられていた。

チャイムを二度押し、しばし待つと、『華園学園です。新入生の方ですか？』と男性の声が響いた。

「あ、はい。葉月煌と申します」

『葉月煌さん、確認しました。門を開きますので、中へどうぞ』

鉄柵が音もなく内側へと開く。外から見るよりもさらに中はたいそう広かった。玄関へと続くアプローチの煉瓦《れんが》道を歩きながら、よく手入れされた庭を楽しむ。天使が抱えた壺《つぼ》から清らかな水が流れ出す池まであった。

春夏秋冬、さまざまな花が楽しめるのだろう。ほどよく色褪《いろあ》せてきた芝生《しばふ》は綺麗に刈り込まれており、寝そべって本でも読めたなら最高だ。

華園学園から入学招待状が届いたのは、大学を卒業して間もなくの頃だった。不況の煽《あお》りを食らっていた煌は各社の面接にことごとく落ち続けていたものの、在学中から続けていたカフェのバイトで食い繫《つな》いでいた。

招待状が届いたときは、夢かと思った。ドッキリなのかとさえ思ったぐらいだ。

華園学園は、普通の学園とはなにもかもが異なる。まず、入学したくても志願書がない。これぞという人物を極秘裏にリサーチし、将来の日本を支える立役者《たてやくしゃ》を育成する特別な機関だ。在学期間は一年。入学してくる者は性別や年齢も関係ない。招待を断ることも可能だが、噂が噂を呼んだところによると華園学園を無事卒業できれば、望んだ夢を叶えられるといわれており、希望者は数えきれないほどだ。

オメガである自分になぜ招待状が届いたのか。煌にもよくわかっていない。志望した企業には軒並み落とされたし、取り柄といったら他人より美味しい紅茶を淹れられるというぐらいのものだ。日陰でひっそり咲くような容姿もすこしは役立ったのだろうか。

切れ長の目、すっと通った鼻筋に薄めのくちびる。幼い頃から見慣れた顔だから自分ではなんとも思わないのだが、他人は違うらしい。

男子でも子宮を持ち、三か月ごとに発情期《ヒート》が訪れ、アルファもベータも惑わすフェロモンを発するとなったら、事件事故に巻き込まれやすい。

煌には両親がいなかった。オメガという特殊な第二性に生まれ、物心ついた頃から施設で育ち、身を守るすべてのことを、施設の教員にひとつひとつ教わってきた。

ちいさな施設には、自分と似たような境遇の子どもが大勢いた。そのすべてがオメガだ。シングルマザーやシングルファーザーが手一杯で預けられた子どももいれば、煌のように乳児の頃から施設で育ってきた子どももいた。

親の顔を覚えていて、望まずして施設にやってきた子の寂しさはいかばかりだろう。

どんな事情があって施設にやってきたか、どの子も喋《しゃべ》りたがらなかった。

煌は、といえば、赤ん坊の頃にバスケットに入れられ、暖かい春の夜、施設の前に置かれていたらしい。父の顔も、母の顔もなにひとつ覚えていない。ただ、自分を包んでいたおくるみの温かさだけはぼんやり記憶に残っている。

将来、もし自分の子が持てたら、ひとときも目を離さず、ハグを繰り返し、「大好きだよ」と言って育ててやりたい。そして、誰でも気軽に入れるカフェを経営するというのが、煌のささやかな夢だ。

しかし、子をなすには、パートナーが必要だ。

相手はアルファ限定だ。

この世界は、男女のほかに、アルファ、ベータ、オメガという第二性が存在している。ピラミッドの頂点であるアルファは、頭脳、容姿ともに優れており、政財界や芸能界、スポーツ界のトップに立つ者が多い。選ばれし者であるアルファは数少ないこともあって、結束力が強く、個々のコミュニティを育み、情報のやりとりや、アルファの血を守るための見合いなども行う。ベータは平均な能力を持ち、一番数が多い。温和な気質であるベータのおかげで、この世界の均衡は保たれていると言っても過言ではないだろう。穏やかな者はやはり惹《ひ》かれ合うのか、ベータ同士の結婚が一般的だ。

そして、オメガ。煌のように、男子でも子どもを産むことができる。三か月ごとにやってくる発情期を抑えるためにかかりつけの病院で処方してもらう抑制剤を飲み、約一週間はベッドの中で襲いかかる欲情に身悶《みもだ》えることになる。

この発情期はほんとうに厄介だ。

パートナーがいれば、気を失うまでセックスに耽《ふけ》ったりもできるけれど、煌はあいにく、生まれてこの方性体験をしたことがなかった。

二十二歳なのだから、一度ぐらい誰かと夜をともにしてもよかったのだが、まっさらな身体を一夜限りの相手に捧げる気にはなれなかったのだ。

いつか、きっと、こころに決めたひとと身体を重ねる。

これも煌が抱く夢のひとつかもしれない。

それまではこの身体を大事にしていきたい。

いまはなにはともあれ、華園学園での生活だ。

ここで一年間、煌は真っ当に過ごす。そして無事卒業することができれば、地位も名誉も保証され、自分の夢を叶えられるのだ。

華園学園で人間とはなにかを学び、卒業後は東京の下町にゆったりとした構えのカフェを建てたい。

ただのオメガであればそんな壮大な夢は叶うはずもないのだが、華園学園に入学できたとなったら話は違う。

特権階級のようなポジションに生まれたアルファだって、そう簡単に入れる場所ではないのだ。

学園の理事長自らが選定した者しか入れない学園で全寮制。年齢も性別も区別なく、さまざまな立場の者が一年間在籍する。

内部がどうなっているのかということも極秘だった。ＯＢやＯＧたちも口が堅く、学園生活についてはひと言も漏らさない。学園で過ごした日々に関する全ての事柄は秘密厳守とするという一筆を入学時に書かされるのだ。

学園が設立されたのは十年ほど前だと聞いている。歴史の浅い学園だが、そこを出た者はことごとく華々しい成功を収めていることは世間の知るところだ。

たとえオメガでも、華園学園を卒業していたら南の島を買い取り、オーナーとなって一大ホテルチェーンを創る者もいた。

そんなのはおとぎ話だと笑う者もいたけれど、煌は信じていた。

だって、事実自分にも招待状が届いたのだ。薔薇のモチーフの蜜蠟《みつろう》がスタンプされた真っ白な封筒がひとり暮らしのアパートのポストに届いていたのを見つけたとき、一瞬はいたずらなんじゃないかと思ったぐらいだ。

必要な家具はすべてそろっているし、制服もある。だから身の回りの物だけキャリーケースに詰めてやってきた。

郊外にある施設だけに、敷地は充分に広い。手前に教室棟と学生寮のふたつが並んで建っている。まずは学生寮に向かった。

白亜の建物は三階建てだ。玄関の扉を開けると、「こんにちは」とやわらかい声が聞こえてきた。自分と同じように七分袖《しちぶそで》のシャツにデニムを合わせたとびきりの美形だ。どこか幼さが残るところがまた愛らしい。ひと目でオメガだとわかる。同じ第二性を持つ者は勘でわかるのだ。

「きみも今年の入学生？　僕は周藤玲一《すどうれいいち》でオメガ。玲一でいいよ。きみの名前は？」

「葉月煌、二十二歳です。僕もオメガ。玲一……さんはいくつ？」

「二十一歳。ふふ、僕のほうが年下だから呼び捨てでいいよ。僕も煌って呼んでいい？」

「うん」

笑顔の可愛い玲一が最初の出会いでよかった。同じオメガ同士、わかり合えるものがある。

「二十一歳ってことは、大学三年?」

「ううん、僕は高卒のあとずっとハウスキーパーとして働いてきたんだ。アルファの家に住み込みで家事全般をこなす。得意技はアイロン掛けと料理だよ。あ、部屋に案内するよ。ここ、広いし」

「ありがとう。すごいね。なんでまた玲一はハウスキーパーに?」

「将来、運命の番《つがい》と出会ったときにいいパートナーになれるように。花嫁修業ってところ? 古い言い方だけど」

廊下沿いの大きな窓からきらきらと秋の陽射しが入り込み、玲一の黄金に近い髪色を明るく照らしている。

一番奥の部屋の前で玲一が立ち止まり、ドアノブを回す。

「ようこそ、かすみ草寮へ」

「かすみ草……?」

なんとも可愛らしい言葉に首をひねると、玲一がくすりと笑う。

「ここでの僕らの階級だよ。上から順に薔薇、マーガレット、そしてかすみ草」

「僕らは一番下ってこと?」

「まあね、かすみ草は添え物だから」

自嘲《じちょう》気味に笑う玲一はコンパクトな造りの部屋を案内して回る。

「ちょっと狭いけど、ミニキッチンもバスルームもトイレもあるから大丈夫。快適だよ。ベッドはシングル。ちなみにマーガレットはダブルで、薔薇はクイーンサイズのベッド」

「そんなところにも差があるんだ」

「まあね。薔薇クラスにもなると、ベッドをともにしたがるひとも多いから」

意味深な言葉にかあっと頬《ほほ》が火照《ほて》る。

性体験はないけれど、玲一の言いたいことはわかる。

「とりあえず、お茶でも飲もうか。カップやポット類、茶葉もここにあるから好きな物を使って。今日は煌の入学記念日として、僕がお茶を淹れるよ。ソファに座っていて」

「ありがとう、お言葉に甘えるよ」

ふたり掛けのこぢんまりしたソファに腰を下ろし、てきぱきと動く玲一を見守った。きっと、有能なハウスキーパーだったのだろう。無駄な動きがない。

かちゃかちゃと茶器のぶつかるかすかな音を聞きながら、あてがわれた室内をあらためて見回した。

壁には造り付けのクローゼットがある。あそこに制服や私服を収めればいいのだろう。キャリーケースもしまっておけそうな大きさだ。反対側の窓際にはシングルベッド。ひとりで眠るには充分な大きさだし、清潔なクリームイエローのベッドカバーがかかっているのも気に入った。シンプルな内装で落ち着く。

「住みやすそうだね。僕は気に入った」

「だったらよかった。でも、マーガレットや薔薇クラスの部屋を見たらやっぱりあっちがいいって思っちゃうよきっと」

「玲一はもうすべての部屋を見てるの？」

「もともとハウスキーパーだからね。特技を生かして、主なお部屋は掃除させてもらったんだ」

「へえ、やっぱりすごいのは薔薇というクラス？　そこってやっぱりアルファばかり？」

「そんなこともない。ベータやオメガで成績優秀なひとは薔薇クラスにもいるよ。ひるがえせば、マーガレットクラスやかすみ草クラスにアルファやベータがいることもある。もっとも数はほんのひと握りだけどね。彼らは三か月ごとのお茶会で階級アップを目指して奮闘してるよ。卒業時に薔薇クラスでいたほうがなにかと有利だからね」

「なるほど……」

いい香りのハーブティーを運んできてくれた同級生に礼を告げ、ティーカップに口をつける。爽《さわ》やかで透きとおるような味わいにやっと緊張がほぐれてきた。

「すごく美味しい……」

「レモンバーベナのお茶だよ。緊張をほぐす効果があるんだ。ほかにも気分をすっきりさせるミントティーや、美肌に効果のあるローズヒップティー、コーヒーや紅茶もそろってるから、好きなものを飲んで」

「ありがとう。きみが華園学園での初めての友だちだね。これから一年間、どうぞよろしく」

「こちらこそ」

笑みを交わし、喉《のど》を潤《うるお》したあと、玲一が立ち上がってクローゼットの扉を開く。

そこから紺のジャケットとグレイの千鳥格子《ちどりごうし》のパンツにワイシャツ、そして薄いパープルのネクタイを取り出す。

「これがここでの制服。私室では好きな格好をしてもいいけど、学園内は制服着用が決まり。大事なことだから伝えておくけど、学園内で深紅のネクタイを締めているひとと遭遇したらなにはともあれ一礼して下がって」

「もしかして、それが薔薇クラスのひと？」

「当たり」

玲一がいたずらっぽくウインクする。

「深く頭を下げて、向こうから挨拶《あいさつ》があるまで顔を見ないで。話しかけるのも厳禁。あちらから話しかけられたら極力丁寧に話して」

「厳しいね」

「それがこの学園の掟《おきて》だからね。マーガレットクラスは黄色のネクタイ。彼らに会ったら一礼して立ち去ってもオーケー。こちらから話しかけても大丈夫。最底辺の僕らかすみ草は、あくまでも薔薇とマーガレットの引き立て役だから、邪魔しないのが一番なんだ」

「息苦しくない？　ほんとうにそんなに厳格なルールでやっていけるの？」

「やっていかなくちゃ。そしてきみも僕も、三か月ごとのお茶会でマーガレットや薔薇クラスへの昇格を目指すんだよ。そうすれば、こんな窮屈な思いはしないですむし、卒業後の成功も約束される」

玲一は自信ありげに言うが、煌は不安で仕方がない。

華園学園入学という薔薇色のチケットを持って勇んできたのに、内部にこんなに厳しい格差があるなんて思いもしなかった。

「……僕や玲一が一番下のかすみ草クラスに入れられたのはどうして？　やっぱりオメガだから？」

「まあ、それが最大の理由かな。僕らオメガはどうしたってアルファを誘惑するフェロモンを出してしまうし、子宮だってある。普通、アルファがオメガを選ぶって言われるけれど、僕は違うと思っている。こっちのフェロモンで狙《ねら》ったアルファを落とすことができるでしょ？　打算的だけど」

「玲一、すごい。僕そんなの考えたことなかった」

「そういう危険性もあって、ここに来るオメガはだいたいかすみ草クラスから始まるみたい。マーガレットや薔薇に簡単に近づけないようにね」

玲一の言うことに耳を傾けながら、ふと気になって訊《たず》ねてみた。

「きみも入学したてだよね。どうして華園学園について詳しく知ってるの？」

「僕はハウスキーパーの特技を生かして、皆よりも一週間前に入寮してるんだ。だから、いろいろ知ってる。薔薇やマーガレットクラスにどんなひとが入ってくるかということとか、レストランはどこが美味しいかとか」

「レストラン？　ここ、レストランもあるの？」

「もちろん。フレンチにイタリアン、チャイニーズに会席料理、ファストフードもあるよ。コンビニも敷地内にある。すごいよね。この学園って、華園財閥が運営しているだけあって、なんでもそろってるんだよ。ブティックにカフェまである」

「なんでそこまで……？」

「生徒はこれから一年間、外には出られないからね」

笑っているが、玲一の声は真剣だ。

外には出られない——そう聞いて背筋がぞくりとした。

入学にあたって、華園学園から送られてきた公的書類をいろいろと調べてみたが、不思議なほど内情は探れなかった。卒業生の華々しい活躍は数多く目にしたものの、実際に学園でどんな日々を過ごしたかということに触れている記事はひとつもなかった。

箝口令《かんこうれい》が敷かれているということなのだろうか。

わかったことはただひとつ。招待状に名前のあった華園祐一《ゆういち》というひとが、理事長を務《つと》めているらしい。華園財閥の有力者であるのは、その姓からもわかることだ。ここまで厳格なルールを当たり前としているなら、彼に逆らうような真似はしないのが得策だ。

目立たないように、かすみ草のようにひっそりとしていようとこころに決める。きっと、それがこの学園で生き残る術《すべ》だ
「今夜にでも、きみも入学誓約書にサインすると思う。そこに書かれているから。――この学園で過ごした日々に関する事柄は絶対に外部へ流出させないように、って。これはもう、絶対。ルールを破った者は華園学園の生徒資格を剝奪《はくだつ》されてしまうから、煌も気をつけて」

「う、うん……わかった。ありがとう」

前もって知らせてもらえてよかった。玲一から聞いていなかったら、入学誓約書にサインすることをためらっていただろう。

誰もが知る華園財閥――古くから造船業や貿易業で財を成した一大コンツェルン――が運営する学園に招かれたとはいえ、一年間、軟禁も同然の生活を送ることになるなんて思いもしなかった。

「まったく外に出られないの？」

「まあ、それじゃ完全に軟禁になってしまうから、毎月、一日は外出していい日がもうけられているんだ。ちなみにかすみ草クラスの外出は一日だけ、それも日帰り。マーガレットは一泊しても許されて、薔薇になると三日間までの外泊が許されるんだ。煌もがんばって薔薇クラスに上がれば、ちょっとした小旅行ができるよ」

玲一の明るい言葉に微笑んだものの、大変なところに来てしまったなという感は否めない。

右も左もわからない状態で、玲一に出会えたのはこころ強い。情報収集が得意そうだし、なにより同じオメガでも明るく前向きだ。

「玲一だったらすぐにでも薔薇クラスに上がりそう」

「だといいんだけどね。ていうか、その予感はちょっとある」

「ほんと？　どういう点で？」

ふたり掛けのソファに座る玲一は身を寄せてくる。

いまにも彼から甘い香りが漂ってきそうな距離にどきどきしてしまう。

「じつはね、昨日、運命の番と出会ったんだ」

「え、ほんと？　名前、もう聞いた？　クラスは？」

「薔薇クラスの氷室《ひむろ》和明《かずあき》さんってひと。僕よりひとつ上だから、煌と同じ年だね。これぞアルファって感じで堂々としていて、すごく格好いいんだ。入寮のお手伝いをしたとき、目と目が合うなりバチッて火花が散った感覚。あんなの初めてだったな……」

うっとりするような目つきの玲一はすこし冷めたお茶を口にし、ほっとしたように笑う。

「同時に入寮手続きをしたマーガレットクラスの印南誠司《いんなみせいじ》さんも素敵なひとだったな。ベータだから、運命は感じなかったけど」

オメガはアルファと結ばれ、子をなすことができるが、ベータだとそうはいかない。よくいえば、いい友だち止まり、という関係だ。

「同じかすみ草なのに玲一はすごいな。僕とはぜんぜん違う」

「そんなことないって。氷室さんに感じた衝撃は僕の一方的なものかもしれないし。とりあえず、今夜は新入生全員参加のパーティがあるから、一緒に行こう」

「わかった。制服を着ていけばいいのかな」

「うん。ネクタイの色で誰がどのクラスかひと目でわかるからね。荷ほどき、手伝おうか？」

「大丈夫だよ。着替えぐらいしか持ってきてないし」

「じゃ、僕は部屋に戻るね。パーティ前にまた迎えに来るよ」

「いろいろありがとう」

なんてことはないといった顔で帰っていく玲一を見送り、あらためてソファに座り、ため息をついた。

ほぼ外界との接触を断たれる一年間がこれから始まる。

ほんとうにやっていけるのだろうか。知り合いといったら、先ほど出会った玲一ぐらいのものだ。

自分と同じかすみ草クラスに属する生徒がどんなひとびとなのか。

閉ざされた世界でなにが始まるのか。

クリーム色の天井を見上げ、煌は深く息を吐き出した。

夜の帳《とばり》が下りる頃、扉をノックする音が聞こえた。

煌はクローゼットの鏡の前でちょうどネクタイを結び終えたときだった。扉を開けに向かうと、思ったとおり、制服に身を包んだ玲一が立っていた。

「準備できた？」

「いまさっき」

玲一は頭のてっぺんからつま先までさっと見下ろし、「上出来」と笑う。

「煌ほどの美形なら、今夜運命の番と出会っちゃうかもね」

「そんなに簡単にいかないって」

これでも準備に三十分はかかった。初めて顔を合わせる同級生に失礼のないよう、丁寧に顔を洗い、髪を整え、ネクタイを綺麗に結ぶのに手間取ってしまった。この学園に入るまでまともにネクタイを締めたことがなかったのだ。

真正面に立つ小柄な玲一がつま先立って指を伸ばしてくる。

「ネクタイ結ぶの、初めて？」

「ん、……うん、下手だったかな」

「ちょっとだけ歪《ゆが》んでる。直しちゃうからじっとしてて」

綺麗に透きとおった薄茶色の瞳を真正面に受け止めるのは、同性といえどすこし気恥ずかしい。こんなに綺麗な玲一の前では、誰も嘘をつけない気がする。

「玲一、すごくもてるでしょ」

「普通。なにせオメガだからね。三か月ごとに来る発情期はどうしたって逆らえないから、フェロモンを抑えるための薬を飲んで部屋に閉じこもってる。そうすれば不意に襲われる心配もないからね。そういう煌はどう？　僕、結構いろんなひとを見てきたほうだけど、なかでも煌は特別だよ。艶のあるさらさらした髪に綺麗な鼻筋、思わず僕でもキスしたくなるくちびる」

扇情的《せんじようてき》な言葉にはっとくちびるを押さえると、玲一がくすくす笑う。

「大丈夫、取って食べたりしないから。オメガ同士だと発情もなにもないでしょ」

「そうだけど、……でも、玲一ってどきっとすること言う」

「そう？」

悪びれない玲一はネクタイの結び目を整えたあと、一歩下がって「よし」と頷《うなず》く。

「さあシンデレラ、王子様と会えるパーティが待ってますよ」

「玲一が運命を感じた王子様を教えて」

「ホールに入ったらすぐにわかるよ。どことなく、王様って感じ」

「すごいね。オーラが出てる感じ？」

「ん。ひと目で惹かれちゃう。あ、あ、でも、煌の相手はきっとほかにいるからね」

言外に手を出さないでと言われ、苦笑いしてしまう。

「玲一のほうが先に運命を感じたんだろ？　だったら僕の出番はないよ。噂に聞いたことがあるけど、将来番になるアルファとオメガに割り込むことはできないって。玲一の場合もそうなんじゃないのかな」

「だったらいいけど……ほんとうに素敵なひとなんだよ。タイミングが合えば煌にも紹介するね」

「ありがとう」

そろそろ行こうか、と誘われ、部屋を出た。

この敷地内には学習棟と学生寮のほかに広い庭、そして各種のレストランが並ぶ建物が距離を空けて配置されている。

恋人同士が睦《むつ》み合うのに最適な木陰のベンチを横目で見ながら、庭を横切り、さまざまなレストランが入る建物に足を踏み入れた。ここの一階には全生徒が集まれるほどの大きなホールがあるのだと玲一が道すがら教えてくれた。

ホール前にはすでに大勢の生徒が集まっていた。皆、一様に制服を身に着けている。女性もいるが、圧倒的に男性が多い。女性たちは皆、深紅のネクタイを締めていた。誰もがどこかの子息や令嬢なのだろう。

同じように深紅のタイを締めた男性たちはひときわ大人びて見えた。全体から見ると、そう多くはない人数だ。ひとかたまりになった薔薇クラスたちは談笑しながら次々にホールの中へと入っていく。

「あれが薔薇。うしろに控えているのがマーガレット」

玲一の言葉どおり、鮮やかな黄色のネクタイを締めたひとびとが温和な笑みを交わしながら立ち話をし、ホールへと吸い込まれていく。

「さ、僕らの番だよ」

淡いパープルのネクタイを締めたかすみ草クラスは全部で二十人といったところか。こうして見ると、生徒数はマーガレット、かすみ草、薔薇といった順のようだ。

実社会でも、ベータが一番多く、次にオメガ、そしてアルファといった感じだ。華園学園が特別な場所といっても、やはり外の社会と関わりが深そうなのを感じ取って緊張する。

ざっと見回してみたところ、かすみ草クラスにアルファはいないようだ。ほとんどが自分たちと同じオメガで、ベータが数人いる程度だ。

一歩中に入れば、別世界が待っていた。

煌めくシャンデリアが重たげに垂れ下がり、来場した生徒たちを艶やかに照らし出している。黒のスーツをまとったウエイターたちが銀のトレイを掲げ、飲み物を配り歩いている。

「煌、なに飲む？　せっかくだからシャンパンとかどう？」

「そうだね。場に呑《の》まれそうだからアルコールが必要かも」

ちょうど脇を通りかかったウエイターから綺麗なグラスを取った玲一が手渡してくれる。

「乾杯。無事一年間乗り切って、薔薇クラスで卒業しようね」

「頑張るよ」

グラスを触れ合わせ、きめ細やかな泡の立つシャンパンを呷《あお》る。ひと口飲んだだけで、庶民の煌にもわかる美味しさだ。

高級なシャンパンを味わいながら、なんとなくホールの壁に背を預けた。中央には彩りのよいさまざまな料理が載《の》ったテーブルがあるのだが、そこを囲むのは薔薇かマーガレットだ。かすみ草のほとんどはそのたたずまいどおり、艶やかな花の添え物のようにおとなしくしている。

玲一も、煌と一緒に壁沿いに立っていたが、あたりをきょろきょろすると、「あ」と声を上げて袖を引っ張ってきた。

「あのひと、あのひとだよ、煌。僕の運命のひと。挨拶に行こう」

「え、ちょ、ちょっと玲一」

ぐいぐいと腕を引っ張られ、ホールの中央へと向かう。華奢《きゃしゃ》に見えて、玲一は案外力が強い。

ホールど真ん中のテーブルを囲む数人の男性はほとんどが深紅のネクタイを締めており、ひと目でアルファと知れた。

そのなかに、ひとりだけ黄色のネクタイを締めている男性がいた。グラスを片手に、深紅のタイを締めたひときわ精悍《せいかん》な男性と話し込んでいるその横顔を見て、どくんと胸が高鳴る。

やさしい笑顔がこころに残るひとだ。黄色のネクタイや全身から醸《かも》す雰囲気からしても、たぶんベータだろう。

「氷室さん、こんばんは」

玲一が声をかけると、雄のオーラを発する深紅のタイを締めた男性が振り返り、微笑む。

「おまえか、玲一。待ってたぞ」

「すみません、皆さんのお邪魔になったらいけないと思って」

如才なく会話に入り込んでいく玲一に感心していると、ぽんと背中を叩《たた》かれた。

「僕の友人を紹介します。煌、ほら」

好奇の視線を受けて背中に冷や汗が滲《にじ》んでくる。テーブルを囲んでいるのは四人の薔薇とマーガレットがひとり。かすみ草は自分たちだけだ。

場違いじゃないだろうかと危ぶみ、横目で玲一を見ると、安心して、とでもいうように彼が浅く顎《あご》を引いた。

「――葉月、煌です。今日、華園学園に来ました」

「かすみ草だな。オメガか」

氷室の隣に立つ薔薇クラスの男性が値踏みするように視線を走らせてくることに居心地の悪さを覚えながらも、「はい」と小声で頷いた。

「氷室、入学早々もう運命の番を見つけたのか?」

「ああ。彼だ。周藤玲一、俺の番だ」

「ほんとに？」

「いつの間にそんな。だって今日入学したんだろ」

途端に色めく同級生をいなし、艶のある黒髪をかき上げる氷室は澄ました顔だ。

「俺は特別に昨日入寮してるんだ。そのときに玲一と出会って、互いに運命を感じた」

玲一の肩を抱き寄せ、薄茶の髪にくちづける氷室は堂々としたものだ。

「いまはかすみ草だが、すぐに薔薇になる。俺とつき合うんだからな」

「さっすが寮長、手が早い」

はやしたてる同級生に頬を染める玲一を氷室はますます引き寄せる。その余裕たっぷりな仕草からも、彼が選ばれし者であるアルファなのだとわかる。いましがた耳にしたところによれば、氷室が生徒たちをまとめる寮長なのだろう。

しかし、彼が発する雄の気配は煌には強すぎる刺激だ。

救いを求めるようにかたわらに立つベータの男性に視線を投げると、にこりと微笑まれた。

「はじめまして、俺は印南誠司。ネクタイからもわかるとおりマーガレットクラスのベータだ」

誠司からは、他者を包み込むようなやさしさが感じられる。その甘い声音に惹かれ、煌も頭を下げた。

「葉月です。不慣れなのでいろいろと失礼があるかもしれませんが、どうぞよろしくお願いします」

「不慣れなのは俺も同じだよ。ていうか、ここにいる全員がそうだ。皆、新入生ばかりだからね。煌、くんって呼んでもいい？　俺のことは誠司でいいよ」

「そんな、出会ったばかりなのに申し訳ないです」

「でも、俺はきみと仲よくなりたい。だめ？」

男らしさがありながらもすこし垂れ目気味の誠司に微笑まれると、断れない。

「……誠司、さん。おいくつですか？」

「二十三歳。きみは？　まだ十代に見えるけど」

「成人してます。あなたよりひとつ下の二十二歳です」

「一歳差なんだ、なんだか嬉しいな。俺も氷室と同じく昨日入寮したんだけど、煌くんは今日からなんだよね？」

「そうです。さっきまで彼――玲一にいろんなことを教えてもらって。……すごいですね、華園学園って。敷地内にいくつ建物があるんだか」

「俺たち学生が使うのはここと、学生寮、学習棟の三つが主だと聞いてる。ほかには室内プールと体育館。あ、コンサートホールもあるって言ってたっけ」

「そんなものまであるんですか」

驚く煌に、誠司は茶目っ気たっぷりに笑う。

「クラシック部があって、毎月演奏会を行うんだって。煌くんはクラシック、聴く？」

「お恥ずかしながら有名どころしか……」

教養がないことを恥じると、「俺も」と誠司が言う。

「名曲百選、みたいなアルバムしか聴いたことがなくて。でも、ここに入学できたなら、いい機会だ。生の演奏に触れるのもいいよね」

マーガレットのように穏やかでやわらかな微笑みを持つ誠司に、「はい」と頷きながらとくとくと胸が高鳴るのを感じていた。

彼はベータなのだから運命の番にはなれないのだが、このときめきはなんなのだろう。

咲き誇る薔薇たちと玲一が楽しげに喋っている輪に入れず、一歩下がると、誠司が「向こうに行かないか？」と壁際のソファに誘ってくれた。

強い煌めきに臆《おく》していた煌はありがたく申し出に頷き、誠司と一緒に賑やかな輪から抜け出した。ついでにウエイターから白ワインのグラスをもらう。

「壁の花になるのもおつだよね」

「そうかもしれませんね。僕、華やかな場には慣れてないから……ありがとうございます。誠司さんはこういうパーティ、慣れてるんですか」

「それほどでもないよ。普通の家に生まれ育ったからね。だから、この学園から招待状が届いたときはほんとうに驚いた。華園学園はさまざまな分野のスペシャリストを育成する機関だと噂に聞いていたから、憧れてはいたけれど」

「確かに。僕もそうです」

　ソファに座ってゆったりと足を組む誠司が顔をのぞき込んでくる。

「煌くんはなにを目指してここに来たの？」

「美味しいカフェを経営することです。ささやかな夢かもしれませんけど。そういう誠司さんは？」

「アンティークショップを開くことなんだ。祖父が骨董品の蒐集《しゅうしゅう》に凝っていたひとでね。昨年亡くなったんだけど、倉庫いっぱいにティーカップや銀食器、家具類があるんだ。目利《めき》きができるひとだったからどの品も確かなはずだが、俺自身、知識も技量もまだまだだしね。華園での生活でステップアップできればいいと思っている」

「これからどんな日々が待ってるんでしょうね……高校や大学とはまるで違うだろうし、なにより全寮制だし。見たところ、皆、成人してますもんね」

　グラスを揺らしながら、誠司が空を見つめる。

「……思いも寄らない出来事が起こるかもしれないね。在籍期間はたった一年。薔薇、マーガレット、かすみ草とクラスはあるが、校則を破った者は退学処分もあるって聞いたよ。たとえば、無断外出とか無断外泊とか」

「厳しい、ですね」

「日本が誇る華園学園だからね。校則は厳しいけれど、逆に考えれば、外の誘惑から守られて、おのおのの学びに集中できるわけだから。——よかったら、テラスに出てみない？　綺麗な月が昇っている」

肩越しに振り返る誠司に釣られて見やると、庭に通じる窓の外に白い月がぽっかりと浮かんでいた。

「外の空気を吸うのもいいかも」

「ですね」

グラスを持ったまま、庭へと出た。

庭、といっても奥行きがあり、木々が生い茂っている。薄闇の向こう、目を凝らしてみるが、いったいどこまで続いているのかわからない。ただ木が植わっているだけではない。森のようになっているのだろうと判断し、誠司と肩を並べて歩く。

月明かりが届く場所に四阿《あずまや》があったので、そこに腰掛けることにした。

内側の壁に、ランプが設置されている。電源が通っているようで、誠司がランプの根元にあるスイッチを押すと、ぽうっとやわらかな明かりが点《つ》いた。

明かり、といっても、互いの顔が薄ぼんやり見える程度だ。無意識に寄り添い、辛口のワインに口をつける。

「きみはなんだか不思議な子だね。ひとを惹きつける魅力がある」

「そう、でしょうか。それを言うなら玲一のほうがよっぽど華があります」

「玲一くんも素敵だけど、僕はきみがいいな」

まるで口説き文句だと顔を赤くすると、誠司が可笑《おか》しそうに吹き出した。

「そういうところ。純情そうなところがとてもいい」

「か、からかわないでください」

「ほんとうだって。すごく可愛い」

つん、と頬を人差し指でつつかれ、そこから甘い痺《しび》れのようなものが全身を走り抜ける。

「……誠司さん、絶対からかってますよね」

上目遣いに見ると、ワインを飲み干した誠司がにこにこしている。

「きみとならこの一年間も楽しく過ごせそうだ。とりあえず、僕は学生寮の二階、十四号室に住むことになってる。今度遊びにおいで。きみの部屋は？」

「一階の二十二号室です。かすみ草の僕からあなたを誘うことはできますか？」

「大丈夫、お互いの了承さえあれば。薔薇だけは違う。薔薇クラスの部屋に入るには、あちら側からの招待がないとだめなんだ」

「なるほど……僕には縁がなさそうです」

「氷室に招かれるかもしれないよ？」

「それはないでしょう。氷室さんは玲一の番だし」

真面目に言ったつもりだが、誠司は曖昧《あいまい》に微笑んでいる。

「オメガはたったひとりのアルファを番にするけれど、アルファ側は違う。いくらでもほかのオメガを番にできるんだ。だから、きみも気をつけて」

「……気をつけます。でも、氷室さんは僕なんて歯牙《しが》にもかけないと思うな。玲一にベタ惚《ぼ》れって感じでしたもん」

「きみがそう言うならそうなんだろう。ああ、パーティも終わりのようだね」

四阿で眺めているとパーティホールから生徒たちが続々と出ていく。

「部屋まで送っていくよ」

「近いから大丈夫ですよ」

「きみにこころを奪われた男として役目を果たさせて」

冗談なのかなんなのかわからない。困った顔をしていると、くすりと笑う彼が軽く肩を押してきた。

「行こう」

寮に着くまで、ほとんど言葉を交わさなかった。

明日からここでの学びが始まる。人間学、コミュニケーション学、人生設計学。どれも、普通の高校や大学では学ばないことだ。ほかにも科目はあるが、煌はこの三つに絞り、あとは喫茶部に入部しようと考えていた。

「さあ着いた。今日は疲れているだろうから、ゆっくり寝るんだよ。あ、そうだ、なにかあったときのためにスマートフォンの電話番号とメッセージアプリのアドレスを交換しないか？」

「もちろんです」

玄関先で互いにスマートフォンを取り出し、アドレスを交換する。これでこの学園に対する不安も三割ほど減った。あとの七割は、明日から始まる学園生活にかかっている。

「ほんとうにありがとうございます。あの、明日からよろしくお願いします」

「こちらこそ」

握手を求めてきた誠司の大きな手をしっかり握り、温かさを胸に刻み込んだところで、「おやすみなさい」と扉を閉めた。

ひとりきりになり、大きく息を吐き出した。

自分でも気づかないほどに緊張していたようだ。

凝《こ》った肩を揉《も》みほぐしながら、バスタブに湯を張る。バスルーム内の棚にはセージやネロリ、ラベンダーにグレープフルーツといろいろな香りのバスソルトが並んでいた。

ひとつずつ香りを確かめ、気分がほぐれるセージのソルトを湯にざらりと溶かし、熱いシャワーで汗を流してからバスタブに足を入れた。

「はあ……」

至ってシンプルなバスタブだが、足を伸ばせるのがいい。ここに来る前に住んでいたアパートはバスタブが狭かったので、そんなにゆっくりした気分になれなかったのだ。

白っぽい天井を見上げながら、湯から立ち上る心地好《ここちよ》いセージの香りを吸い込む。

明日からどうなるのだろう。

なにもわからないことだらけだけれど、とりあえず、玲一と氷室、それに誠司という知り合いができたという事実は大きかった。

薔薇クラスの氷室に近づくことは容易ではないだろうが、マーガレットの誠司なら親しくなれる気がする。

彼の微笑みを思い出すと、いまでも胸が甘く疼《うず》く。

バスタブの中で膝《ひざ》を抱え、煌はしばしうつむいていた。

芽生えたての想いを抱き締めるかのように。

2

学園に入って最初の一か月は怒濤《どとう》のように過ぎ去った。

人間学、コミュニケーション学、人生設計学のどれもが難度が高かったが、将来、とびきり美味しい紅茶やコーヒーを出すカフェを経営したいなら、コミュニケーションを学んでおくのは重要だ。それに、どんな客が来ても笑顔で対応できるよう、人間観察も大事だから、あらためて人間とはどんなものか学ぶ必要がある。

人生設計はそのままのとおりだ。卒園後、とびきり美味しい紅茶やコーヒーを提供する最高のカフェを経営したいというのが夢だが、パートナーは必要か、そもそも家庭や子どもはほしいのかというのも考えることが大事になってくる。

どの科目も九十分みっちりと知識をたたき込まれるので、終わったあとは疲労困憊《こんぱい》だ。

そんなとき、煌がふらりと立ち寄るのが学生寮から遠く離れた森の近くにあるカフェだ。学習棟からも離れているので、ここを利用する学生はすくない。

いつ行っても、二、三人の生徒しかいない空間は静かで、煌はたちまち気に入った。

授業後、ここでぼんやりとカフェラテを飲むのがひそかな楽しみになっている。十月の初め。空は高く澄み、朝晩の空気はだいぶ涼しくなり、日中も長袖シャツで過ごすようになった。

今日もお気に入りのカフェで窓際の席に腰掛け、制服のジャケットを脱いで軽く袖まくりをする。

昼間はまだ気温が高いので、うっすらと汗ばむのだ。

可愛いくまのラテアートがほどこされたカフェラテにちいさく微笑み、そっと口をつけたときだった。

「煌くん？」

突然呼びかけられて顔を上げると、制服姿の誠司が立っていた。

「偶然。きみもここがお気に入り？」

「誠司さんも？　よかったら同席しませんか」

「嬉しいな。じゃ、飲み物をもらってくるよ」

ふたり掛けのテーブルにジャケットを置いて、誠司はカウンターへと向かう。

花園学園での飲食は、基本無料だ。ブティックや美容院を利用する際はクレジットカードや現金が必要になるけれど、どこのレストランやカフェに行っても好きなぶんだけ食べられるというのはありがたかった。これも、華園財閥の底力だろう。

ライムスカッシュを運ぶ誠司が目の前に腰掛ける。

「きみはなに飲んでるの？」

「カフェラテです。可愛いくまが描かれてたんですが、もう飲んじゃいました」

「俺はここのライムスカッシュが大好物でさ、三日にいっぺんは来る。よかったら、ひと口飲んでみない？」

「いいんですか」

「どうぞどうぞ」

ストローにそっと口をつけると、爽やかな味わいが口内に広がり、染みとおる。

「……美味しい！」

「だろ？　十月いっぱいまでのメニューらしいから、いまのうちに飲んでおかないと」

そう言う誠司はなんでもない顔でストローを咥《くわ》える。

どくん、と胸が鳴った。

同じストローを使うなんて。

男同士の間接キスにうろたえる年齢かと誰かに笑われそうだが、なんの経験もない煌にとっては誠司の仕草ひとつひとつが気になってしょうがない。

炙《あぶ》られたように頬が熱い。

誠司から目が離せないでいると、「ん？」と彼が顔を上げた。

「あ、もしかして……間接キスしちゃったってどきどきしてる？」

「し――してませ、ん」

「声が震えてるから説得力なし」

「誠司さん意地悪い……」

どうしても恨《うら》みがましい声になってしまう。

澄ました顔でライムスカッシュを半分ほど飲んだ誠司は、ぐうっと両手を突き上げ、深く息を漏らす。

「今日、人間学について学んだんだけど、結構難しくてついていくのが必死だったな」

「誠司さんも人間学を？　でも、同じ教室にはいなかった気が……」

「人間学には、Ⅰ、Ⅱ、Ⅲとあるんだ。どんどん難しくなっていく。俺が学んでいるのはⅡ。煌くんはⅠかな？」

「そうです。Ⅲまであるんですね。それを学ぶのはやっぱり薔薇クラスのひとですか」

「そうだね。Ⅲは十人ぐらいしか生徒がいないって聞いてるから、そのすべてが薔薇クラスのアルファじゃないかな。彼らの才能には目を瞠《みは》るものがあるよ。ベータの俺はとてもとても」

「そんなこと言われたら、オメガの僕なんかもっと」

互いに言い合って、ふっと吹き出した。

「薔薇が突出しているのは言うまでもないことだから、たまに羨《うらや》んだりするけどね。彼らも彼らで、アルファとしてのプレッシャーがあるらしい。すこしでも手を抜こうとしようものなら、『アルファなんだから簡単にできるだろ』とか、『アルファにできないことはないだろ』とかさ」

「それって、結構つらいですよね。……そっか、立場にも容姿にも恵まれたアルファにも、大変なところがあるんですね」

「うん。俺はたまたま数人、薔薇のアルファの知り合いがいるけど、皆が皆、順調というわけではないよ。家の名を汚さないため――必死に学んでいる奴もいる。だけど、一歩外に出たらアルファとしての余裕も持たなければいけない。精神的な負荷が心配だよね」

「そんなふうに考えられる誠司さんはやっぱりやさしいです。ベータだからかな。ベータって、アルファともオメガとも違って、一番温和でひとにやさしいと聞きます」

「どうだろうね」

謎めかした誠司がストローでからころと氷をかき回す。

「特別なアルファにもオメガにもなれなかったから、どちらにもやさしい顔をしているだけかもしれないよ」

「誠司さんにかぎってはそんなことないです。この間だって、土砂降りの中、僕を寮まで送り届けてくれたじゃないですか」

一週間前の夜のことだ。併設されているチャイニーズレストランでひとり夕食を取っていた煌の前に、誠司が現れた。『ここ、いい？』と言われたので即座に頷き、楽しいひとときを過ごした。

しかし、いざ食事を終え、寮に帰ろうとなったとき、いきなりの土砂降りに遭《あ》ったのだ。その日は昼間から雲行きが怪しく、いまにも降ってきそうな鈍色《にびいろ》の空だったが、寮とレストランはそう離れていないし、と傘を持って出かけなかったのが災いとなった。

『傘、入っていきなよ。天気が崩れそうだったから持ってきていたんだ。送ってあげる』

誠司がそう言って、黒い長傘をぱっと開いた。

レストランから寮までは五分ほどの距離だ。走って帰っても、この雨脚では部屋に着く頃にはずぶ濡れになるだろう。

自分の不手際を謝り、おとなしく傘に入れてもらった。

寮に帰る途中、他愛ない話をした。今日の夕食は美味しかったねとか、華園学園には慣れたかとか。

夕食は文句なしに美味しかったけれど、華園学園での日々はまだまだめまぐるしい。

素直にそう告げると、傘の柄を摑《つか》んだほうとは逆の手でくしゃくしゃと髪をかき回してきた誠司が、『大丈夫。一か月もすればすっかり馴染むよ』と言ってくれた。

大きな傘だったが、男ふたりだとやはり肩が濡れてしまう。煌はジャケットのポケットから綺麗なハンカチを取り出し、『どうぞ』と渡した。

『買ったばかりだから好きに使ってください。返さなくてもいいので』

『いいの？　ありがとう、助かるよ』

笑顔で帰っていった誠司の笑みがこころに残った夜だった。

「そうだ、これ渡そうと思ってずっと持ってたんだけど」

かたわらに置いたトートバッグから紙包みを取り出し、誠司が手渡してきた。

「この間のお礼。よかったら開けてみて」

薄い紙包みを開くと、ふわりといい香りがするパッケージが出てきた。

「サシェ《匂い袋》なんだ、金木犀《きんもくせい》の。クローゼットにかけておくといいよ」

「え、これ」

「この間のハンカチのお礼。俺もハンカチをお返ししようかと思ったけど、それじゃなんだか素っ気ないしね。ちょっと女子っぽいかなと思ったけど、最近は男子も香りに気を遣うから。どう？　それ」

「すごくいい香りです。僕、金木犀が大好きなんです。黄色のちらちらした花がとても可愛くて、遠くから甘く香ってくるんですよね」

「俺も好きなんだ」

「ありがとうございます、大切にします」

ほのかに甘い香りが漂うサシェに鼻を近づけ、トートバッグにしまう。

「なんだか僕、やさしくされっぱなしですね。申し訳なくなってしまう。なにかお返しできませんか」

「じゃ、きみの部屋にお邪魔してもいい？」

かすみ草からは誘えないが、マーガレットや薔薇の言うことは絶対だ。

「僕の部屋、ですか。おもしろみがないと思いますけど」

「かすみ草の部屋って見たことがないから、どんな感じかなと思って」

そこまで言われたら断りきれない。うっすら好意を抱いている誠司を部屋に招くのはどきどきするけれど、「じゃ、これからどうぞ」と立ち上がった。

カフェを出て、夕暮れの中、学生寮を目指す。

あかね色の陽が白亜の学生寮をふんわりと浮かび上がらせていた。煉瓦敷きの道をゆっくりゆっくり歩きながら、途中、ケーキショップでショートケーキとチーズケーキを買った。

寮内に入り、一階の自室を目指す。かすみ草の寮はシンプルな内装で、ところどころに可愛らしい花の絵が飾られている。廊下に敷かれている絨毯《じゅうたん》は無地のグリーンだ。

自室の扉を開け、「どうぞ」と中へ誘った。

「とりあえずソファに座ってください。いま、紅茶とケーキ出しますね」

ミニキッチンで湯を沸かし、棚からカップをふたつ、白い皿を二枚出す。四角い箱に入ったケーキを皿に盛りつけ、丁寧にポットで茶葉を蒸らす。

喫茶部に入部した煌は月、水の夕方、学習棟に併設された建物で紅茶やコーヒーの淹れ方を一から学んでいた。コーヒーはペーパードリップ方式から学び、紅茶は各茶葉の蒸らし時間を頭にたたき込んだ。

アンティークのカップや皿を借りる名目で、骨董部に在籍する誠司とはだいぶ仲が深まっていた。もともとおおらかな人物だけあって誠司は話しやすく頼りがいがあり、高価な食器類を惜しみなく貸し出してくれた。

骨董部は喫茶部と似ていて静かで落ち着きがあり、訪れるたびに煌も古びた銀食器を磨く手伝いもした。

「はい、どうぞ」

ふたり掛けのソファだから、自然と隣り合って座ることになる。

「ああ、このカップ使ってるんだ」

ピンクの花柄が可愛らしいアンティークカップに、誠司が顔をほころばせた。

「はい、誠司さんが修繕してくれたおかげで」

このカップは骨董部で廃棄になる寸前だったものだ。アンティークとしては古びすぎているし、取っ手もすこし欠けていた。だけど、飲み口は綺麗だし、可愛らしい花柄も気に入った。

『捨てるの、もったいないな』

そう呟《つぶや》くと、誠司は嬉しそうに目を細め、カップを手にし、あっという間に取っ手を修繕してくれた。翌週パテを使って直した部分にきめの細かなやすりをかけて、はい、と手渡された瞬間、胸がぽうっと温かくなった。

簡単に物を捨てず、大事に使う。豊かな華園学園にいても、誠司はその名のとおり、誠実な男だと知って胸が甘く揺れた。

肩が触れそうな近さでティーカップを手にし、アールグレイの香りを楽しむ——どころではなかった。

自分の部屋に玲一以外の男性を入れたことは一度もなかったのだ。

自分はチーズケーキ、誠司はショートケーキを選んだ。

華園学園内でも人気のあるパティスリーで買ったケーキは玲一も煌も大好物だが、今日にかぎってはなんだかふわふわして味がいまいちよくわからない。

チーズケーキを半分ほど食べ終えたところだった。

「煌くん、いちご食べる？」

「え？」

「一番美味しいところだよ。あーんして」

「せ、誠司さん、……恥ずかしい、です」

「俺たちしかいないんだから平気。ほら、あーん」

つやつやしたいちごはとても美味しそうだ。

甘い香りの誘惑に駆られ、恥じらいながら、「……あーん」と口を開いた。

噛み締めたいちごはうっとりするような甘酸っぱさだ。

こくりと飲み込んでいると、誠司の視線を感じる。

おそるおそる振り向けば、温かいものがくちびるにぶつかった。

あ、と思う間もなく、再びくちびるが重なる。今度は正面からしっかりと。

染み渡る熱に目を閉じる暇もなかった。

キス、された。

誠司にキスをされた。

「な、んで」

「煌くんが可愛かったから」

ぱっと頬が熱くなり、両手でくちびるを押さえた。

「……僕、男でオメガですよ……？」

「だからいいんだ。きみこそ、俺にキスされるのはいや？」

いやじゃなかった。

むしろ、もっと熱を感じていたいほどだった。

そっと肩を抱き寄せられ、顎をつままれる。

自然と顔を上向けると、温かな光を宿した目に吸い込まれそうだ。

初めてこころに生まれた淡い想いを信じて、瞼《まぶた》を閉じた。

壊れ物を扱うように、再びくちびるが重なってきた。

甘く吸い取られて、意識が蕩《とろ》けていく。

ちゅく、くちゅりとくちびるの表面を舐《な》められて、だんだんと身体の芯が熱くなっていく。

素直に気持ちよかった。

彼の胸に手をあてがい、顔を傾ける。着痩《きや》せするたちらしい。ジャケットを通して逞《たくま》しい胸がわかり、ますます鼓動が速くなる。

誠司の胸も逸《はや》っていた。とくとくと高鳴る心音に嬉しくなってしまう。

昂《たか》ぶっているのは自分だけではないのだ。

「大丈夫?」

「ん……」

こくりと頷くと、くにゅりと舌が割り挿ってくる。

温かな舌が口内をまさぐり、ゆるく搦《から》め捕《と》ってきた。

キス自体が初体験なのに、舌をうずうずと擦り合わせられると息苦しくなるほど感じてしまう。

これが快感なのかと気づいて恥ずかしくなったが、ぐっと腰を引き寄せられた。

「……っん……」

酩酊《めいてい》するようなこころよさに振り回され、なにも考えられなくなってしまう。

これが最初のキスなら、その次に待っているのはなんなのだろう。

ベータ相手に欲情するはずはないから、初めて抱く恋ごころなのだろうか。

くねり挿ってくる舌に翻弄《ほんろう》されて声をくぐもらせる。すこしでも油断すると艶めいた声が出てしまいそうだ。

「声、聞かせて」

「ん、……ん、でも……みっともない、声、出そうで……」

「きみの全部が知りたい。聞かせて」

「う、ん……っあ……っぅ……」

じゅるりと舌を吸われて思わず声が出てしまった。

それまでよりもっと強く、ずるく吸い上げられて、脳内に靄《もや》がかかる。

後頭部を抱え込まれ、互いの胸が触れ合う。

「あ……」

舌の根元をまさぐられ、もやもやとした疼きが全身を走り抜けた。

くしゃりと髪をかき回す手が気持ちいい。このまま身体をゆだねてしまいたくなる衝動を堪《こら》えるのが大変だ。

他人との性的な体験はないが、三か月ごとに訪れる発情期の際はかかりつけの病院から処方された抑制剤を飲み、襲いかかってくる欲情の波をなんとかやり過ごすために仕方なくひとりで処理することもあった。

そんなとき、脳裏に特定の誰かを思い浮かべることはなかったけれど、ぼんやりと男性に抱き

すくめられ、快感に導かれる妄想は何度かしたときがあった。

口内に感じる熱がいっぱいになると、無意識に身体を擦りつけてしまう。

煌よりすこし大きめの舌に蹂躙《じゅうりん》されて、もどかしい気分が満ちてくる。

「どうか、なり、そう……」

「どうにかしてほしい？」

「で、も、僕、なにも知らなくて……」

「誰とも身体を重ねたことがない？」

かすかに顎を引けば、誠司が嬉しそうに微笑みかけてきた。

「だったら、俺が相手になるのはどう？　きみがいやじゃなければ」

「誠司さん、が……？」

誠司について知っている情報といえば、ひとつ上のマーガレットクラスで、骨董部に所属するやさしい男、ということぐらいだ。

パーソナルな部分はほとんど知らないといってもいい。そんな男に身を任せてもいいのかどうか、一瞬迷う。骨董部と喫茶部でのつき合いはあるが、表面的なことしか把握できていない。

そんな胸の裡を悟ったのだろう、誠司が煌の人差し指を摑んできて、ちゅっと甘くちづける。

「俺はきみと知り合ったときから惹かれている。きみは？」

率直に問われ、目と目を合わせた。

誠実な光がその瞳に宿っていることを確かめ、「……僕も」と声を絞り出す。

「……僕も、誠司さんのこと……気になってます。キスの先のこともしたいって……思ってます？」

その問いかけは誠司にとって思いがけないものだったのだろう。きょとんとした次に破顔し、「うん」と頷く。

「煌くんさえよければ」

「……身体から始まる関係、ですか？」

「そんなに不実な男じゃないよ、俺は」

苦笑いする誠司が頰に音を立ててキスしてくる。それから身を離し、「続きはまた今度」と言う。

「事を急ぎすぎるのもよくないからね。俺はこう見えても我慢強いほうだから、すこしずつ攻め込んでいく。煌くんがその気になるまで」

「……もう」

くちびるを重ねている間にすっかり紅茶は冷めてしまった。

あらためて淹れ直し、空気を変えるように「そういえば」と切りだした。

「薔薇クラスの氷室さん、寮長ですよね。毎日、自ら就寝点呼に回ってるんですね。昨日僕、就寝の二十一時を過ぎても寝つけなかったので、ベッドランプだけ点けて本を読んでたんですけど、扉をノックされて思わず『はい』って返事したら、『まだ寝てないのか』って叱られちゃいました」

「あいつらしいな。もともとリーダーシップがある男なんだけど、すべてを他人任せにするんじゃなくて、自分でできることはやるって考えが俺は好きだな」

「氷室さんとは以前からの知り合いなんですか？　最初のパーティでも一緒にいらっしゃいましたよね」

氷室をはじめ薔薇クラスばかりがテーブルを囲むなか、ひとりだけマーガレットクラスの誠司が交ざっていた。

もともと知り合いで、一緒に学園に入学したのだろうか。

ティーカップから立ち上る湯気を吸い込む誠司が、「いや」と呟《つぶや》く。その横顔はすこし硬いように感じた。気のせいだろうか。

「――あいつとは入学して知り合ったんだ。たまたま同じ年頃で、東京育ちってこともあったしね。氷室は薔薇クラスでちょっと尊大だけど、面倒見がいいほうなんだ。ひとを見る目もある。それはきみの親友、玲一くんを見初《みそ》めたことでもわかるだろ？」

「それは……まあ、そうなんですけど。でも、氷室さんと玲一は運命の番だから、理性でどうにかなるわけじゃないかなとも思って」

「恋は頭でするものじゃないよ。ここで」

誠司がとんとんと自分の左胸を叩く。そこに埋まるのはきっと熱いこころだ。

「確かに特定のアルファとオメガは本能で惹かれ合うものだけど、互いの意思を無視しているわけじゃない。絶対の番になるには、オメガのうなじを噛む必要もあるしね」

「玲一、もううなじを噛まれたのかな……」

「まだじゃないかな。いまはまだ互いの恋ごころを確かめ合っている感じだよ。身体を重ねるまでは至ってないんじゃないかな」

穏やかな誠司から扇情的な言葉が出ると、にわかに落ち着かなくなってくる。

自分と彼の未来を想像したからだ。

確かに運命を感じなくても、ベータと恋をすることはできる。セックスだってできる。子どもを宿すことはできないけれど。

「玲一も氷室さんに本気で惹かれてるのかな……」

「納得がいかない？　だったら、今度ふたりでじっくり話し合ってみるのはどうかな」

「ですね。アルファに惹かれるオメガの気持ち、知りたいです」

すこし寂しげな表情で、誠司が「うん」と頷いた。

3

玲一を食事に誘ったのは翌日のことだった。

前の日の誠司との会話が忘れられなかったのだ。家庭部に所属している玲一は煌の誘いに即応じてくれて、「僕の部屋で手料理を披露しようか?」と言った。

学園内にはいくつものレストランやカフェがあるから外食でも充分だったのだが、人目を気にせず話したい。そこで、玲一の言葉に甘え、夜の七時過ぎ、彼の部屋を訪ねた。

扉をノックするとすぐに開き、ほっとするような香りが漂ってくる。

「いらっしゃい、煌。今夜はクリームシチューを作ったんだ。つけ合わせはパンでいい?」

「もちろん。手伝うことはある?」

「もうできあがってるから盛りつけるだけ。椅子に座ってて」

てきぱきと玲一が食卓を整えていく。黄色と青のランチョンマットが敷かれ、深皿に盛りつけられたシチューが目の前に置かれた。ふんわりしたパンと、サラダも。

「食べて食べて。たくさん作ったからお代わりもできるよ」

「ありがとう、いただきます」

礼を言ってシチューを口に運ぶ。大きめに切ったジャガイモやニンジンの甘みが感じられてとても美味しい。ごろっとした鶏肉《とりにく》もやわらかく煮込まれていた。

「すごく美味しい。こういうの、もともとできるほうだったの？　それとも家庭部で習った？」

「シチューはもともと得意なんだよね。市販のルウを使うと楽なんだけど、僕はバターと小麦粉と牛乳から作るほうが好き。些細な味加減も好みにできるしね」

満足そうにスプーンを咥える玲一に、「今度作り方教えて」と言った。

「料理は初心者だし、ルウを使う方法でいいから」

「いいよ。いまはルウも美味しいものが多いしね」

「パンも美味しい。これも玲一が焼いたの？」

「そう。ちょうど今日、家庭部でパンを焼く実習があったから、タイミングよかった。バターをたっぷり練り込んでるからカロリーが気になるけど、やっぱり美味しいよね」

にこにこと笑う玲一は細身に見えてよく食べる。あっという間にひと皿めのシチューを平らげ、お代わりをしている。

甘いニンジンを噛み締めながら、「その……」と言葉を探した。

「……氷室さんとは、どう？　うまくいってる？」

「そりゃもう。毎日キスしてる」

「え」

「皆が見てないところでだけどね。朝は僕が彼の部屋まで行っておはようのキスをして、夜は氷室さんが就寝点呼の際にキスしてくれる。俺様に見えて、すごくやさしいひとなんだよ。あ、でもたまに強引かな。授業の移動中に学習棟ですれ違うとき、階段の踊り場でいきなりキスされたことがあって、あのときはさすがにどきどきした」

堂々とのろける玲一に苦笑し、パンをちぎった。

「もしかして、僕たちの恋の行方が気になって今夜食事に誘ってくれたの？」

「うん、まあそう。アルファとオメガが惹かれ合うってどんな感じなのかなって」

「うーん……言葉にするのは難しいけど……一度目を見たらもう絶対離れたくないって思っちゃう。ずっとそばにいたくて、触れていたくて、触れてほしいって思う」

実感のこもった声に「ほんとうに恋してるんだね」と言うと、「うん」と顔を赤らめて玲一が頷く。

「運命の番って、じつはちょっと疑ってたとこがあったんだ。無理矢理本能に引きずられて特別なアルファとくっつくのかな、って。恋ってさ、理性でどうにかなるものじゃないでしょ？　そのひとの仕草や言葉がこころにいくつも残って、気づけば目が離せなくなってる……そういうのが僕にとって恋のイメージだったんだ」

「でも、氷室さんは違った？」

「ぜんぜん違った。陳腐《ちんぷ》なんだけど、彼と目が合った瞬間に身体に激しい電流が走った感じなんだよね。もう、絶対にほかのひとに目を移せない。氷室さんのことでこころが占められて、なにも手につかなくなっちゃう。名門の華園学園に来てるんだから、そんなことを言ってもいられないんだけどね」

シチューを食べ終えた玲一がコーヒーを淹れてくれた。

喫茶部で淹れるのとはまた違って、ほっとする味だ。

「氷室さんとうまくいくといいね」

「いくいく。だって運命の番だもん。この週末は彼と外泊する予定なんだ。氷室さん、運転免許持ってるから、車を借りて箱根《はこね》のほうへドライブしようって」

「かすみ草だと日帰りが限界じゃないの？」

「薔薇クラスの生徒と一緒なら、一泊できるんだ。もしかして僕、氷室さんと……しちゃうかも」

「しちゃうかも……ってなにを」

「ばか、わかってるくせに」

むくれた玲一の頬が赤いことに、あ、と気づいた。

恋仲にあるアルファとオメガが外泊するなら、夜もともに過ごすということだ。

「氷室さんね、めちゃくちゃ高級な宿を取ったんだって。楽しみ。僕、旅館やホテルとか泊まったことないし」

「旅行、そんなにしないの？」

「しない。僕には親がいなくて、ずっと施設育ちだったから、外泊する余裕なんてゼロだったんだよ」

「あ……僕も同じだ」

「煌も？　施設育ち？」

両親の顔を知らずに育ったことを話して聞かせると、玲一が目を細める。

「偶然ってあるものなんだ。オメガは結構不遇な身の上の子が多いんだよね。男子で子宮を持ってる子、ってなると、親としても育てにくいのかもね」

「でも、玲一はすごく素直に育ったじゃないか。僕は好きだよ、玲一のこと」

「ありがと、僕も煌が好き」

テーブルに頬杖をついた玲一がにこりと笑う。可憐な色香が滲む笑顔に参る男は氷室以外にも多いだろう。もっとも玲一に想いを寄せたところで、すでに氷室という運命の番がいるのだから、割り込むことはできないけれど。

氷室と過ごす夜はどんなものなのだろう。あれこれと興味が尽きなくて、思わず身を乗り出していた。

「あのさ……もしよかったら、明日の外泊のこと、あとで教えてくれないかな」

「僕と氷室さんがどんなセックスをするかってこと？」

「う、ん、まあ、そんな、とこ」

「気になるんだー煌、もしかして未体験？」

「そういう玲一は？」

真実を明かすのが恥ずかしくて混ぜっ返すと、玲一がいたずらっぽくウインクする。

「僕は一応経験あるよ。でも、氷室さんにすべて塗り替えてもらうつもり」

「いい度胸……」

嘆息してみせると、「煌だって」と玲一が片頬を吊り上げる。

「マーガレットクラスの誠司さんと親しいよね。最近、きみの部屋に誠司さんが出入りしてるって噂を耳にした。誠司さん、ベータだよね。恋仲に発展しても子どもを宿すことはできないけど、いいの？」

「それは……まあ、おいおい考えるとして……まだキスしかしてないし。妊娠の話なんて早いよ」

「でも、オメガ男子ならいつかは子どもがほしいでしょ？」

「そうだけど」

子どもがほんとうにほしいなら、アルファと恋する必要がある。

だけど、恋、と考えていま脳裏に浮かぶのは誠司だ。彼がベータだとしても、惹かれていくところは止められない。

「誠司さんのこと……好きなんだと思う」

口に出してみると、その想いが強くなる。

最初からやさしくて、聞き上手で、話題も豊富で、一緒にいて安心する。彼の隣にいる間は終始ふわふわしていて、離れた途端寂しくなる。

これは、玲一が氷室に抱く想いと近いだろう。

「ベータでも、僕は誠司さんが好きなんだと思う。きっと、出会ったときから」

「どんなところに惹かれた？」

「僕の淹れた紅茶やコーヒーを誰よりも美味しそうに飲んでくれるところ。それと、あの声が好きだな。誠司さんが自分の部屋に戻るとき、『おやすみ』って僕の髪をくしゃくしゃかき回してくれるときが一番好き。古いティーカップを簡単に捨てずに、きちんと手入れしてまだまだ愛着を持って使うところも好き。このまま、ずっと朝までそばにいてくれたらいいのにって……思う」

気恥ずかしい気分で、ひと言ひと言を噛み締める。

誠司が好きだと自覚したら、胸の奥が熱くなった。

いままで曖昧だった想いの輪郭がにわかにはっきりしてきて、煌を戸惑わせながらも、浮き立たせる。

「ふふ、僕ら同じ気持ちだね。恋する同士だ。同じタイミングで恋する相手が見つかってよかったな。僕だけのろけるの、やだもん。煌ののろけ話ももっと聞きたい」

「玲一ほどじゃないよ。とりあえず、明日と明後日どうなったか聞かせて」

「わかった。スマートフォンにメッセージ送る」

秘密の約束を交わし、食器洗いを手伝ったあと、自分の部屋に戻ることにした。

もうかすみ草クラスは就寝時間だ。急いで風呂に入り、髪を乾かしたあと、ちょっと悩んでフランネルのパジャマを着ることにした。十月に入り、朝晩は結構冷え込むようになった。布団を替えるのはもうすこし先にして、まずはパジャマから季節を先取りする。

このパジャマは学園内にあるブティックで購入したものだ。一度洗ってあるので、いい感じに肌に馴染む。

ベッドにもぐり込み、いつものようにベッドランプだけ点けて本でも読もうとしていると、こんこんと誰かが扉をノックし、「葉月煌、もう寝たか?」と声が続く。

寮長の氷室だ。

「は、はい、もう寝てます」

「なんだ、寝てないじゃないか」

呆れた返事とともに「開けろ」と言われたので、そろそろとベッドから抜け出し、扉を開いた。

制服姿の氷室がそこに立っていた。薔薇クラスはまだまだ起きていていい時間帯だ。

「眠れないのか」

「いえ、そういうわけでは……」

明日、玲一と外泊する予定の氷室を引き留めておくのは申し訳ない気がして、「すぐ寝ます」ともごもご呟く。

氷室は立っているだけで様になる男だ。夜になってもきちんと結んだネクタイや、乱れのないジャケットからしても、まさに寮長にふさわしい。

「……明日は玲一と外出するご予定ですよね？」

つい口走ってしまった。

早く自分の部屋に帰って寝てください。そんな意味を込めたのだが、氷室はおもしろそうに見下ろしてくる。

「玲一から聞いたか。大型のサーブを借りて箱根をひとっ走りしてくるんだ。天気もいいようだから、富士山《ふじさん》が見えるかもな。そのあとは、氷室家が定宿にしている旅館に泊まる。二部屋しかない高級旅館で、それぞれに露天風呂がついてるんだ。風呂からは満天の星空が眺められるぞ」

「へえ……」

長いこと星空なんて見てないなと考えていると、顎に手を当てた氷室がすこし考え込み、「おまえも行くか？」ととんでもないことを言いだした。

「え？　僕が？　そんな、邪魔でしかないじゃないですか」

「おまえだけだったら確かに邪魔だが、誠司も一緒だったらどうする？　おまえたち、いい仲なんだろう。急な話だが、四人で箱根に一泊するっていうのはどうだ。いいだろう。誠司もこの週末は部屋の掃除をするって言ってたから暇だろうしな。そうしよう」

「ま、待って、待ってください、玲一とあなたの邪魔をするつもりは」

「俺と玲一は勝手にやるから、おまえも誠司と好きにしろ。誠司も車の運転ができるから、ちょうどいい。行きは俺で、帰りはあいつが運転する、うん、いい案だ」

ひとり勝手に決めて悦に入っている氷室を止めることはできない。

「行くだろ?」

戸口に立つ長身の男に顔をのぞき込まれ、なんとか頷いた。

「誠司さんと玲一に迷惑がかからなければ……ふたりがいいって言えば」

「いいと言わせる」

無茶なことを言うひとだ。こういうところも、アルファらしいといえばそうなのだろうか。

「明日は九時頃に出発する。玲一と一緒に寮の玄関で待ってろ。俺と誠司が車を回す。持ってくるのは着替えぐらいで充分だ。旅館でほとんどの物を用意している」

「わかりました。じゃあ、……明日の朝」

「おやすみ、寝坊するなよ」

それだけ言って、氷室は去っていった。

突然の誘いに心臓がばくばく鳴っている。きっと、氷室はこれから誠司と玲一の部屋に行き、明日の予定を伝えるのだろう。

せっかくふたりきりになれると喜んでいた玲一は怒らないだろうか。

誠司だって、ゆっくりしたいだろうに。彼の部屋に行ったことはまだないが、週末はだいたい掃除していると言っていたから、綺麗好きなのだろう。

それはともかく、明日の旅行だ。

とりあえず、たまの外出に使う黒のバックパックに着替えとタオル、ハンカチを詰め込んだ。

あとは氷室の言うとおり、旅館に用意してある物で事足りるだろう。きっと、アメニティグッズや浴衣《ゆかた》、バスタオルも用意してあるだろうし。

――誠司さんと一泊二日。

思いがけないイベントに、今夜はなかなか寝つけない気がする。

4

「うっわ、いい天気！　ねえねえ氷室さん、もっとスピード上げて。ずっと右車線走ってて」

「おまえ、意外にスピード狂だな」

くくっと笑う氷室がぐっとアクセルを踏み込み、四人を乗せたサーブは一気に追い越し車線を走り抜けた。

四人での箱根旅行は朝からよく晴れ、秋の行楽日和《こうらくびより》だ。

途中、海老名《えびな》サービスエリアで休憩し、四人で肉まんやフランクフルトを買って食べた。

「こういうジャンクフード、久しぶり。華園学園にもファストフードはあるけど、やっぱりおしゃれだもんね。氷室さん、僕の肉まん、半分食べる？」

「ああ、食べる。葉月が選んだのはフランクフルトか。誠司と交互に食べ合うのか？」

「なんか、だめでしたか。焼きそばとかにしたほうがよかったかな」

恥じらいながら言うと、隣に座る誠司が可笑しそうに肩を揺らす。

「大丈夫大丈夫、俺、フランクフルトって久しく食べてないし」

パラソルが咲く屋外のテーブル席に四人で腰掛け、わいわい言いながら食べ合った。

「俺にもひと口ちょうだい」

隣から手が伸びてきて、食べかけのフランクフルトを誠司がかじり取る。なんでもない仕草だが、間接キスをしているのだと思うとひとり照れてしまう。

「うん、美味しい」

笑顔の誠司は無邪気なものだ。

学園を出るのは約二か月ぶりだ。

普段は同じ制服に身を包んだ生徒たちしか目にしていないから、一般人が自由に歩いている外の社会は新鮮だ。

長袖のシャツにふわりと暖かそうなオフホワイトのニットジャケットを合わせた氷室と、パステルイエローのニットパーカを身に着けた玲一はどこからどう見ても初々《ういうい》しい恋人同士だ。

だったら自分たちはどうだろう。

今日の誠司は綺麗なブルーのニットに、ダークブラウンのチノパンを合わせていた。上背のある誠司のオフスタイルを目にしたのはこれが初めてで、すっきりした格好よさに、ついつい盗み見てしまう。

自分はというと、無難なネイビーのパーカにジーンズだ。学園ではほとんど制服で過ごし、休日といっても外には出ないので、余分な服はほとんど持っていない。

「煌、目がまん丸。僕ら、学園に入ってまだ二か月だよ」

玲一が楽しそうに笑う。

「なんだか不思議で……。僕らがいなくても、外の社会はちゃんと機能してるんだなって」

「煌くんの言うこともわかる気がするよ。学園はいわば精巧な檻《おり》だからね。生きていくのになにひとつ不満はないけれど、こうした外の社会の自由さは羨ましいと思うことがあるよ。外に住んでるひとは好きなときに起きて、好きな時間に寝てるんだろうからね」

「学園にいる間ぐらいまともな生活をしろ」

半分に割った肉まんを頬張る氷室の言うことももっともだ。

「この肉まんだって、学園のシェフに言えば作ってくれるはずだ」

「もー、氷室さんってばそうじゃなくて。こういうふうにいろんなひとがいるなかで、思いきり深呼吸したいだけ。ね、煌」

見知らぬひとびとのなかで、気持ちよさそうにぐうっと両手を空に突き上げる玲一が深く息を吐き出し、ついでにといった感じで隣席に座る氷室の頬に軽くくちづける。

「こんなことだって、外にいるからできることでしょ？　学園内じゃ、薔薇のあなたからのキスを待つ身だもん」

「玲一、度胸ありすぎ」

「さすがだな、玲一くんは」

フランクフルトを食べるのも忘れ、誠司も感心している。

「学園内のアルファのほとんどが玲一くんの色香に惑わされているって噂を聞いたことがあったけど、いま、まさに信じられたよ」

「ふふ、誠司さん、僕に惚れたらだめだよ」

「氷室と張り合って勝てる気がしない」

「ま、そうだろうな。でも誠司相手ならその勝負、受けて立ってもいいぞ。おまえは次のお茶会で薔薇クラスに行けるともっぱらの噂だ。俺を追い抜かせる男は、いまのところおまえしか見当たらない」

不敵な笑みを浮かべる氷室に、誠司は苦笑している。

「氷室には負けるよ。さすが、アルファの中のアルファだ。せめてオセロの勝負にしてくれ」

「それだって勝ってやる」

負けず嫌いな氷室に我慢できず吹き出すと、全員が声を上げて笑った。

最初はとっつきにくい男のような気がしていたが、氷室も気のいい男だ。

皆で食事を終え、また車に戻った。しばらく高速道路を走り、小田原《おだわら》付近で一般道路に降り、一路、箱根ターンパイクを目指す。

急カーブの続く山道を氷室は難なく通り抜けたが、後部座席で右に、左に揺らされる煌は真っ青になっていた。

「大丈夫、氷室はただの車好きだから」

「わ、笑えません」

隣に座る誠司が「じゃ、こうしていよう」とぎゅっと手を握ってくる。その温かく骨っぽい手にほっとし、すこしだけ彼のほうに身を寄せた。

誠司もこつんと頭をぶつけてくる。

甘いムードが前にも伝わったのだろう。助手席に座る玲一が振り返り、「あー、いい雰囲気作っちゃってる」と笑う。

「いいもん、僕だってあとで氷室さんを独り占めするんだから」

「とっくにおまえは俺のものだろ」

「ねー」

突っ込みどころがまるでないふたりに、誠司とそろって笑みを交わす。

「着いたぞ、ほら降りろ」

ようやく頂上のスカイラウンジに着き、四人で車を降りた。初秋の箱根は快晴で、白くたなびく雲の向こうに堂々とした富士山が見える。

「すごい、絶景」

はしゃぐ玲一がまずは氷室と一緒にスマートフォンで写真を撮り、ちょうどやってきたバイカーに頼んで、四人全員で富士山をバックに撮ってもらった。

「玲一くんはほんとうに積極的だな、物怖じしないし、あの笑顔には誰でも負ける」

誠司の言葉に、「だな」と氷室も深く頷いている。

美形のオメガに赤面しているバイカーにぺこりとお辞儀をし、弾む足取りで戻ってきた玲一が、「見て見て」とスマートフォンの画面を向けてきた。

四人が並ぶ記念写真はいい映りだ。

「あとで煌のスマートフォンに送るから、誠司さんにもあげて」

「わかった」

「俺のアドレスを教えてもいいけど？」

誠司が不思議そうな顔をすると、「だめだめ」と玲一が首を振る。

「氷室さんって、彼自身と煌以外のアドレスがスマートフォンにあると、めちゃくちゃ怒る。結構嫉妬深いんだよ、このひと」

肘で氷室をつつく玲一に、氷室自身は涼しい顔だ。

「玲一の言うとおりだ。誠司、俺たちの写真は煌からもらえ」

「そうするよ」

氷室のあしらいには慣れているようだ。鷹揚《おうよう》に頷く誠司は、富士山にはしゃぐ恋人たちの背中に微笑み、「ね」と煌を振り返った。

「俺たちは中で休憩しないか？　ここは結構涼しいし」

「というか、寒いですもんね。玲一たちは平気そうですけど」

「お熱い仲にはこの寒さがちょうどいいんだよ。ぴったりくっつけるし」

なるほどと答え、煌は誠司のあとについてラウンジ内に入った。

暖房の効《き》いた店内は過ごしやすく、はめ殺しのガラス窓の向こうに悠々とした景色が広がっていた。

カフェでふたりぶんのコーヒーを買い求め、美しい秋の昼下がりが楽しめるカウンター席を陣取った。

コーヒーをひと口啜《すす》った誠司が、「薄い」とぽつりと呟く。

「煌くんが淹れてくれるコーヒーがやっぱり一番美味しいということがよくわかるよ」

「……褒めてもなにも出ませんよ」

もじもじしながらコーヒーを飲んだ。確かに薄いけれど、誠司とふたりで、学園の外で飲むコーヒーだと思うと味わい深い。

素直にそう言うと、誠司は一種困ったような顔つきをする。

「そんなに可愛いことばかり言うと、おとなげない真似をするぞ」

「どんなことですか?」

「こういう、こと」

まばたきした瞬間にくちびるを奪われて、さっと頬が熱くなる。

「……誠司、さん」

「油断してると、この旅行中にきみの初めてが奪われてしまうかもよ？　俺はきみが考えてるより悪い男かも」

「そう、なんですか？　ほんとうに？」

「どうだろう。あのふたりに煽られるつもりはないけど、俺だって男だから。湯上がりのきみの火照った肌を見たらじっとしてられないかもしれない」

「う……もう、言葉に詰まるようなこと言わないでください……そんなこと言われたら、僕だって想像しちゃうじゃないですか」

「たとえばどんなこと？」

「お風呂でくつろぐ誠司さんはどんなふうかなとか、寝起きのぼんやりした顔が見たいなとか」

「残念、俺、寝起きはいいんだよね。だからまだ眠っている間にきみにいたずらしちゃうかも」

こそこそ耳打ちされるから、甘い声が身体の真ん中に染みとおる。

「この旅行で、あのふたりがいまよりもっと親しくなるといいよね」

窓の向こうで、玲一と氷室が手を振っている。

「誠司さんは、玲一に惹かれないんですか？　あんなに魅力的なのに」

「確かに、玲一くんには抗《あらが》いがたい魅力があるようだね。それは氷室を見てるとよくわかる。でも、俺はべつにそこまでじゃないかな。煌くんは、俺が玲一くんに惹かれたほうがいいの？」

かすみ草クラスでもとびきりの美形である玲一にこころ奪われる者は多い。

いまは氷室がそばにいるから手出しをする男もいないが、隙《すき》あらば、と狙っている奴だっているはずだ。

だけど、そのなかに誠司を入れたくない。玲一の色香に惑わされる誠司を想像すると胸がずきりと痛くなる。

「……僕は、いやかな」

「なにが」

「玲一と、あなたが親しくなること。あ、もちろん、いまの友情関係までもいやだって言ってるわけじゃないです」

「うっとりするような目で玲一くんを見つめる俺がいやってこと？」

図星すぎて、こくりと頷くほかなかった。

「そんなこと絶対ないのに。俺が玲一くんを狙っていたとしたら、氷室と殴り合ってでも奪うよ。でも、実際はそんなことは起きない。だって玲一くんは氷室のものだし、俺は俺できみに惹かれているからね。またキスしたくなるぐらいには」

「……い、いまはもうだめ。まだ昼間だし、玲一にばれたら絶対からかわれます」

「だったら夜は大丈夫？」

「言質《げんち》を取ろうとしないでください」

カウンターの下で膝頭が軽くぶつかる。それさえも甘い刺激になって、煌を虜《とりこ》にする。

キスはもう何度かされたけど、これ以上のことをされたらいったいどうなるのだろう。

露天風呂付きの旅館に泊まる予定だから、夜はそれぞれ風呂に入ることは決まっている。だけど、もし、『一緒に入ろう』と誘われたら断れない気がする。

ぶつかる膝はそのままにして、煌は窓の向こうから駆けてくる玲一たちに手を振った。


「あー食べた……」

「もう入らない……」

前菜からデザートまでボリュームたっぷりな和洋折衷の夕食は豪勢なもので、氷室の部屋で食べ終えた煌たちは座椅子に背を預けていた。

さすが、氷室家が定期的に使う宿のことはある。山中にひっそりと建つ旅館は門構えこそ地味なものの、一歩中に入ると贅《ぜい》の限りを尽くしていた。

広々とした二間続きの和室には露天風呂とサウナ、テラスがしつらえられ、二十四時間いつでも好きなときに入浴を楽しむことができる。

「一泊二日じゃ去りがたいな。一週間ぐらい泊まっていたい」

「無事に学園を卒業したらいつでも連れてきてやる」

今夜はもう眠るだけだからと、氷室と誠司はワインを楽しんでいた。玲一もそれにつき合い、アルコールに弱い煌はノンアルコールのカクテルを味わっていた。

各室の露天風呂のほかにも大浴場があり、夕食前に、氷室と誠司、そのあとに煌と玲一がとろっとした湯を楽しんだ。いまは全員が浴衣姿だ。

いつもはきちっとネクタイを結んでいる誠司たちがゆるりと紺地の浴衣に身を包んでいるのは新鮮だ。軽くはだけた胸元についい目が吸い寄せられてしまう。

「あー眠たくなってきちゃった……」

すこし酔ったのだろう、甘えた語尾の玲一が氷室に寄り添う。

「寝る前にもう一度風呂に入ってこい。その間にここを片付けて布団を敷いてもらうから」

「あ、もうそんな時間か。じゃ、俺たちも部屋に戻る?」

誠司に微笑みかけられ、上擦った声で「はい」と返す。

「ひとりじゃやだ。氷室さーん、一緒にお風呂入ろ」

「わかった。背中を流してやる」

「ほんと?」

無邪気にはしゃぐ玲一の度胸が羨ましい。自分にもすこし分けてほしいぐらいだ。

「じゃあ……」

立ち上がると、「あ。あ。でもさ、四人でちょっと外散歩しない？」と玲一が誘ってくる。

「きっといまなら星が見えるよ。ね、行こうよ。丹前《たんぜん》羽織れば寒くないし」

よくよくその声を聞けば、玲一なりに緊張しているのがわかった。

氷室とふたりきりになったらなにが待っているか、玲一もわかっているようでわからないのだろう。それは煌も同じだ。

だから勢いよく頷き、かたわらの誠司のたもとを引っ張る。

「散歩、行きましょ。寒かったらすぐ戻ってくればいいし」

「俺はいいけど、氷室は？」

氷室を見ると、すこし不満そうな表情だ。すぐにでも玲一とふたりきりになりたいのだろう。

しかし、一瞬の間を置いて髪をかき上げ、「わかった」と言った。

それぞれ丹前を羽織り、宿の外に出てみた。

思いのほか寒くて、無意識にぴたっと誠司に寄り添った。

木立にまぎれて、澄んだ夜空にまたたく星がいくつも見える。

「うわ、綺麗」

旅館内の庭を散策するだけでも、綺麗な星が眺められた。施設から遠ざかるとあたりの光が消え、暗闇の中に四人の存在感だけが際立つ。

隣に立つ誠司がそっと肩を抱き寄せてくれた。

「あの星はまるで煌くんの瞳みたいだ」

「……真顔でそんなきざな台詞《せりふ》言わないでください……真に受けますよ」

「真実なんだから仕方がない」

さらりと言う誠司の横顔にくちびるを尖らせ、「……でも、僕も」と小声で囁《ささや》く。

「僕が星だったら、誠司さんはあの夜空です」

「俺が空?」

「そう。すべてを包み込んで煌めかせてくれるような存在。誰よりも懐が広くて、頼りがいがあって——ひびの入ったカップをあっさり捨てずに丁寧に直してくれて、ずっと使ってくれる、あなたはそういうやさしいひとです」

「最高の褒め言葉だな」

笑顔の誠司がつむじにちゅっとくちづけてきて、「やっぱり寒いな」とぶるりと震えた。タイミングよく、氷室と玲一も「部屋に帰ろう、風呂だ風呂」と戻ってきた。

煌も手足がじんと痺れている。早いところ部屋に戻って暖まりたい。

四人で旅館に駆け込み、氷室と玲一が自室の前で「じゃあね、また明日の朝」と手のひらをひらひら振って姿を消した。

煌も誠司とふたりで部屋に入り、互いになんとなく顔を見合わせる。

「煌くん、先にお風呂入っておいで」

「いいんですか？」

「うん、俺はそこまで冷えてないから大丈夫。こたつにでも入ってるよ」

部屋の中央には座卓が片付けられ、ふかふかの布団がかかったこたつが用意されていた。

「じゃあ、お言葉に甘えて」

こたつの置かれた居間の続きにあるバスルームの扉を開けると、ゆったりとしたサニタリールームがしつらえられていた。洗面台は二台。片隅に各種アメニティが詰まった革素材の箱が置かれている。

源泉掛け流しの露天風呂前にある洗い場で身体と髪を洗い、ガラス戸をからからと開ければ、冷たい空気に肌が粟立《あわだ》つ。

急いで檜《ひのき》でできた浴槽に片足を踏み入れた。熱すぎもなくぬるすぎもなく、ちょうどいい温度だ。

「はぁ……」

ふわりと白い湯気が立ち上っていくのを視線で追い、手で湯をすくい、顔に打ちつける。大浴場の湯はとろっとしていたが、ここのはさらさらと肌を流れていく。

「気持ちいい……」

木立の向こうにたくさんの星が見えた。山の中だから空気が澄んでいるのだろう。

身体はじわじわと温まっていくけれど、肩から上は外気にさらされているから、のぼせるということはなさそうだ。

足を伸ばせる浴槽の中で、誠司のことを思う。

いまごろこたつに入って、のんびりくつろいでいるだろうか。華園学園の学生寮にはテレビがないから、久しぶりにニュース番組や音楽番組に見入っているかもしれない。

そのときだった。隣室からかすかなあえぎ声が漏れてきた。

はっと身構え、耳を澄ますと、しゃくり上げるような甘い声が聞こえる。

「ん、んぁ……っかず、あきさ、ん……そこ、だめ……だめだったら……」

か細い声の主は、間違いなく玲一だ。

思わず浴槽の中で身を縮こめた。全神経がぴりぴりとざわめいている。

氷室の声は聞こえなかったが、すこし強引な形で玲一を感じさせているのが伝わってくる。

他人のセックスを見たことはない。聞いたこともない。

どんな姿勢で、どんなふうに玲一はあえいでいるのだろう。

きっと、暖房を強めに利かせ、窓を細めに開いているはずだ。そうでなければ、こんな声は聞こえてこない。

気取られないように息を詰めていると、長風呂を懸念したのだろう。

「煌くん、大丈夫?」

ガラス戸の向こうから、誠司の声が聞こえてきた。

「あ、あの、いま出ま……」

声がかすれたのを案じたのだろう。誠司が「ごめん」と言いながらガラス戸を引き開ける。

「長いこと戻ってこないからのぼせてるんじゃないかと思って」

「いま、ちょうど出ようとしたところで」

浴槽の縁に手をかけるなり、隣室からひときわ甘いあえぎ声が届いた。

傍目《はため》にもわかるほど誠司がびくっと身体を揺らす。それから、「……もしかして？」と隣室を指さす。

「あのふたり……もしかして」

「そう、みたい、……です」

こうしている合間にも泣き声めいた玲一のあえぎに頭がぼうっとしてくる。

このままではほんとうにのぼせそうだ。

それを察したらしい誠司が大きなバスタオルを広げた。

「おいで」

その強い声だけは、いままでのどの誠司とも違って抗えなかった。ベータとは思えないほどの蠱惑《こわく》に満ちている。

意識の深いところにまで刺さるような声音だ。

射すくめられ、ふらふらと浴槽から出て誠司のかいなに包み込まれた。

逞しい両腕が丁寧に髪を、身体を拭ってくれる。

全裸であることに気づいて恥ずかしくなったのは、背後から浴衣をかけてもらった瞬間だ。

「……ありがとうございます」

「どういたしまして。このぐらいなんでもない。水を飲んだほうがいいよ」

やっぱりすこしのぼせたようで、頭がくらくらする。動悸《どうき》も激しく、ひどく喉が渇《かわ》いていた。

「はい、どうぞ」

備えつけの冷蔵庫から冷えたミネラルウォーターを取り出し、グラスに注いで手渡された。

飲もうとするのだが、グラスを摑む指先が細かに震えている。

気にしすぎだ、意識しすぎだ。

誠司がガラス戸をぴったりと閉じたから、淫らな気配はもう伝わってこない。

けれど、煌は自分の変化に怯《おび》えていた。

身体の真ん中に、熱い杭が刺さったみたいで、不用意に動けなかった。

風呂から上がったばかりというのもあるが、肌がしっとりと汗ばんでいる。

「大丈夫？」

「……っ」

はい、と言おうとしたのだが、声にならなかった。

荒い息遣い、異様な熱っぽさ。

この状態には覚えがあった。発情期に似ている。だけど、次の発情期までまだ一か月ほど時間があったはずだ。

最近、誠司と急接近したうえに、彼への想いを認め、あまつさえいましがた玲一たちの生々しい場面を盗み聞きしたばかりだ。

情緒が不安定になり、ホルモンバランスも崩れているのかもしれない。

このままではなにをするかわからなくて、すがるようにかたわらの誠司を見つめた。

「……せい、じさん。……おみ、ず……のめ、ない」

誠司がすっと目を細める。

それから煌の髪をくしゃりと撫でてきて、「飲ませてほしい？」と低い声で囁く。

こくりと頷けば、誠司は生真面目な顔でグラスの水を口に含み、煌のうなじをぐっと引き寄せた。

喉を反らし、煌はぎゅっと目をつぶる。重なったくちびるから、冷たい水がとろりと伝わってきた。それを浅ましく飲み干し、挿り込んできた舌さえ舐《ねぶ》ってしまう。

「……もっと……」

「もっとほしい？」

「ん……」

両手を誠司の広い胸にあてがい、顔を上向ける。二度、三度とくちびるがぶつかった。自分で飲むだけだったらなんともない水だが、誠司が飲み移してくれるものはほのかに甘く感じられる。

もう、水が飲みたいのか、舌を絡め合いたいのか、わからなくなってきた。

息を荒らげ、勢いをつけて彼の首に両手を巻きつけると、ますます後頭部を強く引き寄せられ、口内を蹂躙される。舌をきつく吸われ、擦られ、舐めしゃぶられる。気持ちいいという感覚を通り越して、このまま射精しそうだった。

髪をまさぐる誠司の長い指にまで感じてしまう。

「せい、じさん……誠司さん……」

このままにしないで。

必死な願いが伝わったのだろう。誠司が「立てる?」と気遣ってよろけながら立ち上がる煌の腰を支える。

こたつのある居間の隣の部屋には、すでにふた組の布団が敷かれていた。

隙間なくぴったりとくっつけられた布団にかあっと頬が火照る。部屋は薄暗い。誠司がうしろ手に襖《ふすま》を閉めると、あたりは真っ暗だ。

「こっちに来て」

手を繋ぎ、暗闇の中でいざなわれるまま、布団に組み敷かれた。

「きみを抱きたい。いい?」

ストレートな物言いに拒むつもりはなかった。ここまで来て、ひとりでおとなしく眠れるはずがない。身体の内にこもる熱を誠司にどうにかしてほしかった。

「……抱いて」

かすれた声はきちんと誠司に届いたようだ。深く息を吸い込んだあと、誠司が覆い被さってきて、深いキスを繰り返す。

さっきよりも濃密なくちづけに翻弄され、どうしていいかわからない。

「リラックスして。俺はきみを気持ちよくしてあげたいだけ」

「ん……はい」

熱いくちびるが顔中に押し当てられて、ぞくぞくしてくる。

募る欲情に呑み込まれそうだ。

「あ……ん……いい……」

「ここ?」

喉元を軽く噛まれて、心地好さに呻《うめ》く。

浴衣の前を割られて、胸に手が忍んでくる。

平らかなそこを弄《いじ》られてもどうにかなるはずがないのに、誠司は執心してくる。

尖りをくりくりと捏《こ》ねられて、つきつきと快感がこみ上げてきた。

「誠司さん、そこ……やぁっ……」

乳首の根元を指でつままれ、こりっとつねられると、甘い刺激がびりびりと身体の真ん中を走り抜ける。

腰の奥がうずうずして、すこしもじっとしていられない。もどかしげに身体をひねると誠司に押さえつけられ、乳首をちゅくりと甘く吸い上げられた。

「ああ……っ！」

隣室に聞こえてしまいそうな嬌声《きょうせい》を上げ、慌《あわ》てて両手でくちびるをふさいだ。

「堪えなくてもいいのに」

「か、嚙みながら言わないで……」

くすりと笑う誠司はさらにきつめに尖りを甘嚙みし、舌先でちろちろと舐る。その緩急がたまらなくよかった。

まっさらな身体だ。いまのいままで誠司のために純潔を取っておいてよかったと思う。

ちゅくちゅくと淫らな音を立てて乳首を吸われ、そのまま果ててしまうのではないかと身体を震わせると、するりと手が臍《へそ》のあたりを探り、さらに下へと落ちていく。

湯から上がった際、浴衣を着せられただけだから、下着は身に着けていなかった。

すっかり根元から勃《た》ち上がった性器に指が絡まると、視界がぼうっとかすむほどの快感に襲われた。

そのままごしゅごしゅと扱《しご》かれれば、ひとたまりもない。

「あ、あ、も、だめ……だめ、イっちゃう……イきたい……っ」

「いいよ、出して」

「ん、んんーっ、あ、あ、イく、イく……！」

びくびくと身体を震わせ、誠司に握られたままどっと白濁を放った。

達したあともすりすりと亀頭の割れ目を擦られ、最奥から快感が次々に滲み出してくる。

「はぁっ……あ……っあ……」

蕩けた意識ではなにも考えられない。だけど、自分だけ達したのは申し訳なさすぎる。

「誠司さん……僕も、なにか、します」

「気持ちは嬉しいけど、今夜は徹底的にきみを蕩けさせたいから、それはまた今度」

「ん、なに、なにして……っあ、だめ、舐めちゃだめ……！」

イったばかりの肉茎をぺろっと舐められた瞬間、さっきよりもずっと強い愉悦が湧き起こる。

すさまじい快楽に呑み込まれ、ただもう泣きじゃくるほかなかった。

勝手に身体が波打つ。とくに腰から下は火が点いたみたいに熱かった。

まだ硬さを残した肉竿をずずっと啜る誠司の髪を強く摑んでくしゃくしゃとかき混ぜた。

痛がって怒られたらやめるのに。叱ってくれてもいいのに。途中で放り出されたらさすがに頭が冷えて、彼と身体を離せるのだが、誠司は跳ねる煌の腰を押さえ込み、じゅるっと吸い上げる。

丁寧に割れ目をちろちろと開かれ、敏感な媚肉さえも舐められることにひっきりなしにあえいだ。このままではまた達してしまう。

「や、っ、また、イっちゃうから、だめ……っ」

「何度でもイかせたい」

いつもの温和な誠司からは考えられない執拗《しつよう》さで愛され、とろとろと蕩けていく。

くびれをぐるりと舌先でなぞられ、カリごとやんわりと食《は》まれ、ああ、と胸を反らしながら忘我の極みに達した。

どくどくと射精しているのが自分でも信じられなかった。いまさっき放ったばかりなのに、初めて他人の熱を感じた身体は暴走してしまったみたいで、もっと強い刺激をほしがっている。

「誠司さん……せいじ、さん……」

ふらふらと手をさまよわせれば、誠司が指先にキスしてくる。

「大丈夫、ここにいるよ」

その声にほっとしていると、誠司が内腿《うちもも》に指先を食い込ませてくる。左右に割り開かれ、なにをされるのかわからずにぼんやりしている間に、窄《すぼ》まりをちろっと舐められた。

途端に最奥が熱っぽく疼いて身体が揺れる。

「あ、あぁ……！」

温かい舌がくちゅくちゅと孔の周囲を這《は》い、未知の快感に煌が大きく息を吐き出せば、ぐうっと奥へ挿り込んでくる。

敏感な媚肉をざらりと舐められる感覚は新鮮で、身体のどこに力を入れればいいのかもわからない。

ただ、最奥がきつく絞られるような感じがあった。そこへたっぷりと唾液《だえき》を送り込まれ、啜り泣いたのをきっかけに、長い指がもぐり込んでくる。

蕩けた内側を直接触られて、息をするのも忘れそうだ。

「やぁ……んっ……ぁ……あぁ……」

「俺とひとつになる準備」

敏感でやわらかな襞《ひだ》を慎重に探られて、次々に声がほとばしる。指はだんだんと増えていった。そうするうちに中で指がばらばらと動き、きつく締まる隘路《あいろ》をゆったりと開いていく。

指が上向きに擦りだした途端、ぱっと火花が散るような快感が広がった。

「そこ、あっ、あ……！」

「煌くんのいいところだ」

ふっくらと腫《は》れぼったくなっていくしこりを淫らに擦られ、気持ちよくて気持ちよくてどうにかなりそうだ。

誠司はすこしも焦《あせ》らずに愛してくれた。

初めての行為を煌が悔やまないよう、気を配っているのだろう。やさしい指や舌遣いにそのことを感じて、煌も深く息を吸い込む。

誠司をまるごと受け止めたい。自分にできる精一杯で愛したい。この身体を気に入ってくれるかどうか不安だが、欲を言えば虜になってほしい。

中が充分にほどけたところで、誠司が上体を起こし、ばさりと浴衣を脱ぎ落とす。暗がりに馴れてきた視界に、彼のものが大きく育っているのが映り込む。

「最初はうしろからのほうが苦しくないから」

くるりと身体をひっくり返され。四つん這いの姿勢を取った。熱く燃えるような頬を枕に強く押しつけ、これからやってくる衝動を思い描くが、実際にどうなるかはまったくわからない。

ひたりと熱が窄まりに押し当てられる。

「挿れるよ」

「……ん……っぁ……あぁ、あ、ぁ、あ、う……！」

深く抉《えぐ》り込んでくる肉棒の逞しさに声が跳ね飛んだ。

「きつい、な……搾り取られそうだ。息を深く吸い込んで、ゆっくり吐いて」

「っ……はぁ……っあ……は……ぁ……っ」

なんとか彼の言うとおりにしようとするのだが、想像以上の大きさに呼吸のリズムもめちゃくちゃだ。

突き刺さった肉棒がぐっぐっと奥へ奥へと忍んでくるたび、頭の中まで犯されている気分になる。

「あ……――！」

先ほど指で愛されたしこりをじっくりと擦られて、快感が滲み出してくる。

浅い部分を何度も抉られるうちに、最奥へ昂ぶりが集中していく。もっとその熱がほしくて、無意識に彼に腰を押しつけた。そうすると、内側に刺さる熱杭が一層逞しくなる。

敷布を引っかいて、絶えず声をかすれさせた。突かれるたびに、どうしても淫らな声がこぼれてしまうのだ。抑えよう抑えようとしても、誠司がそれを許してくれない。

肉襞が勝手にうごめき、誠司が低く呻く。

「くっ……そんなに締めつけたら、きみの中でイってしまいそうだ」

「ん、んぁ、でも……」

いま、抜かないでほしい。それよりもっと突いてほしい。

口にしてそう伝えると、「ん」と誠司が頷く。

「……もっと奥に挿っていい？」

「いい……、来て……っ」

腰をよじると、誠司が深く突き込んでくる。

ずくずくと穿《うが》たれ、隘路がしっとりと濡れていくのが自分でもわかる。オメガは愛蜜が多い種なのだ。それが摩擦をすくなくしてくれて、より快感が際立つ。

「気持ち、いい？」

「っん、いい……すごく、いい……奥のほう、ずんずんってして」

はしたない言葉だとわかっていても、つい口走ってしまう。それほど気持ちよかった。

「ほしがりさんだな」

くすっと笑う誠司の声にも欲情が交じっていた。

ほしいと思う気持ちに嘘はつけない。

浅ましいとわかっていても、誠司だってきっと同じ気持ちだ。中で大きく育つ誠司自身がそのことを伝えてくれている。

ずちゅずちゅと貫かれ、狂おしく身悶えた。

気持ちいい、という感覚を通り越して、ずっとイきっぱなしの状態だ。

脳内が快楽でシェイクされ、理性はまるで働かない。

腰骨を強く摑んでうしろから激しく貫いてくる誠司の息も乱れている。限界が近いのだろう。

「いいっ、あ、あっ、また——なんか、きちゃう……っ！」

「今度は俺も一緒だ」

「ん、んく、う、ぁ、あっ、イく……！」

背後から回ってきた指に陰茎を扱かれ、びゅくりと放つ。ぱたぱたっと甘蜜がシーツに飛び散ってもまだ、中が疼いてしょうがない。

「煌、くん……」

あ、あ、と声を嗄《か》らしシーツをたぐり寄せながら、息を切らした。

それがわかったらしい、誠司がどくどくと撃ち込んでくる。最奥を亀頭で撫で回す淫らさに酔いそうだ。

熱いしぶきで奥まで濡らされ、余韻を愉《たの》しむかのように腰を揺らす誠司の動きに釣られて、煌もたどたどしく動く。

飲みきれない白濁がこぽりとあふれ出て、つうっと内腿をすべり落ちていく感覚がいやらしい。

倒れ込んできた誠司が耳たぶをやさしく噛んでくる。

「おかしくなるかと思った……」

「それは、僕の台詞です……誠司さん、すごかった……」

「最初から中に出すつもりはなかったんだけど、止まれなかった……いまさらだけど、身体、大丈夫？」

「ん……ちょっとだるいだけ」

「いま身体を拭いてあげるから、待ってて」

用心深く身体を離す誠司の太い熱がまだほしくて、きゅうっと締めつけてしまう。

「こら、今夜はここまで」

苦笑いする誠司が、くったりと力の抜けた煌の身体を湯で濡らしたタオルで綺麗に清めていく。

その間も肌は妖しくざわめき、誠司を求めていた。

「……また、してくれますか」

「きみがいいと言うなら」

替えの浴衣を着せてくれる男にしがみつき、思いきって訊いてみた。

「僕のこと、……どう思ってます？」

間髪を容《い》れずに答える誠司が隣に寄り添い、そっと手を握ってくる。

「好きだよ」

――好きだよ。

甘さを滲ませた言葉がすこしずつ意識に染みとおっていく。

嬉しさに胸が震え、繰り返し聞きたくなる。

いま耳にしたばかりの告白が嬉しくて嬉しくて、舞い上がってしまう。

「ほんとうに？　ほんとうに……僕のこと好きでいてくれるんですか」

すがる煌に、誠司がやさしく微笑んで頷く。

「もちろん好きだからきみを抱いたんだ。なにか心配にさせた？」

「ううん……なんか、いいのかなって。僕はただのオメガだし、かすみ草だし、誠司さんの足を引っ張らないといいんだけど」

「そんな心配はしないでいいんだよ。俺はきみと出会ったときからずっと好きだった。告白の機会を窺《うかが》ってたけど、身体が先走ってしまった。ごめん」

「それを言うなら僕だって。……オメガはアルファと惹かれ合うもの、という思い込みがあったから、ベータのあなたに惹かれるのは間違いなのかなって思うこともあったんだけど……自分に嘘はつけないですね」

甘えるように布団の中でつま先を絡めると、誠司も同じことをしてきた。

「何度だって言うよ。好きだ、煌くん。きみは一見控えめに思えるけど、どこか目を離せない色気がある。そこにたまらなく惹かれてしまうんだよね。それってやっぱりオメガだから？」

「どう、なんでしょう。僕のフェロモンがあなたにも影響を及ぼしたのかな。今度、寮にある医務室に行ってみます」

「そうだね。それがいい。さあ、瞼を閉じて。明日もきっと氷室たちに振り回されるぞ」

「ですね」

笑いながら頷き、布団を引き上げる。

「おやすみなさい」

「ああ、おやすみ」

穏やかな声が眠りにいざなう。

今夜はいい夢が見られそうだ。

5

「まーたにやにやしちゃって。煌、旅行から戻ってきてずっとご機嫌。誠司さんといいことしちゃった？」

「べ、べつに。……そういう玲一こそ、授業中もずっとぼうっとしてて。氷室さんとぐっと距離が縮まったよね」

あの晩耳にした甘い声の行き先は、たぶん自分たちと同じだ。旅行からもう二週間以上が過ぎてカレンダーは十一月になり、残り二枚となった。

朝晩はぐんと冷え込むようになり、だんだんと冬が近づいてきているのだと知る。だけど、今年は生きてきたなかで一番特別だ。

外界と閉ざされた華園学園という場所で人生のステップアップを図る授業を毎日みっちり受け、普段の振る舞いも意識して磨き上げてきた。

夕食を取るため、玲一と一緒にレストランを目指す。今日はフレンチを食べることにした。

レストラン棟へはすこし歩くので、制服の上にコートを羽織っていた。これも、学園指定のものだ。暖かそうなチャコールグレイのカシミアでできたコートは、煌をふんわりと包んでくれる。

隣を歩く玲一を盗み見ると、しゃっきりした背筋に猫のような甘めの顔立ちが精彩を放っていて、コートも自分よりずっと似合っている。

「玲一はなにを着ても似合うね。羨ましい」

「煌だって似合ってるのに。きみさ、変なところで謙虚すぎるよね」

「……オメガだからかな」

「それだったら僕だって同じ振る舞いをしてるはずでしょ？　僕は煌と似たような出自だけど、やっぱり性格に違いが出るよね。控えめな煌も好きだけど、たまには自信を持ってみてもいいと思うよ。いっそ、誠司さんに告っちゃうとか」

「もう、した」

「え、したの？　いつ？　いつ？」

フレンチレストランの席に着くなり、玲一が意気込んで身を乗り出してくる。

「……旅行のとき」

「ほんと？　なんだ、言ってくれればよかったのに。じゃあ、いまは熱烈ラブラブ期？」

「熱烈ラブラブ、って、そういう言葉、どこで覚えてくるんだよ」

「恋愛小説とか、ラブコメの映画とか」

澄ました顔で前菜を口に運ぶ玲一は以前よりも一層洗練されたような気がする。

あれから、誠司とは幾度となく抱き合っていた。だいたいは夜中、人目を盗んでマーガレット寮からかすみ草の煌の部屋に忍んできて、声を殺して睦み合った。

「そういえばさ、十二月最初の金曜日は例のお茶会だよね。僕らがかすみ草からマーガレットや薔薇クラスに上がれるチャンスが摑めるお茶会。いまからどきどきするよ」

「玲一だったら一気に薔薇クラスに行きそう。入学して以来、別人のように品格を身につけたもんね」

「煌の言葉なら信じられるな、嬉しい」

メインの肉料理を美味しそうに頬張る玲一に続き、煌も牛フィレ肉を切り分ける。ミディアムレアで焼かれた肉は口の中で甘く蕩ける。

デザートはいちごのムースだ。香り高いコーヒーと一緒に楽しんでいると、脇を通りかかった男子生徒がちらりとこちらを見やり、ひそひそと話しだす。

「――あれだろ、薔薇の寮長をたらし込んでるかすみ草の奴。オメガだから手っ取り早く薔薇のアルファとくっつけば自分も薔薇に上がれるよな」

「一緒にいるのもかすみ草だろ。確かマーガレットクラスの印南誠司といちゃついてるってもっぱらの噂じゃん。どうしてこうオメガって他人に取り入るのがうまいんだろうな」

「そりゃやっぱ、男子でもオメガは妊娠できる身体じゃんかよ。アルファと繫がれば百発百中アルファの子を産めるもんな。でも俺らベータはさぁ……べつにうまみがあるってわけじゃないし」

「単なる好き者じゃね？　オメガは寂しい生き物だって話だから、俺もお願いしたら一度ぐらい……」

下卑《げび》た笑い声とともに去っていくふたりの背中に、玲一が眉《まゆ》を吊り上げる。

「好き勝手なこと言うなー。オメガは大変な身体なのに。あいつらベータかな。誠司さんと大違い」

「いいベータだっているよ。悪いアルファだって、オメガだって」

「……冷静だね、煌。きみだってもっと怒っていいはずなのに」

「誠司さんっていう素敵なベータを知ってるからね。ほかにもたくさん。僕らオメガをどうこう言うのは彼らだけじゃないよ。色眼鏡で見るひとはどこにだっている」

「そうだけどさー……ほんとうに妊娠しちゃったらなに言われるか」

「口さがない連中は、玲一や僕がなにをしたって好きなことを言うよ。放っておこう」

「……うん」

不服そうな玲一をなだめ、食事を終えて寮に戻った。

バスタブに熱い湯を溜め、ゆっくりと浸かる間、先ほどのベータたちの会話を思い出す。

『でも俺らベータはさぁ……べつにうまみがあるってわけじゃないし……』

誠司もそんなふうに考えたことはなかっただろうか。

オメガの煌とつき合う利点はなにもない。ただ、ほかの種よりも感じやすいから、濃厚なセックスが愉しめるというぐらいだ。

しかし、そんなことであの誠司が自分を利用するとは思えなかった。もし彼が利己的な人間ならば、格下のかすみ草クラスの者に特別やさしくし、意図的に自身の株を上げるはずだ。いままでの誠司の言動を思い返しても、そんな計算高さはどこにも見当たらなかった。出会った当初から、誠司は徹頭徹尾、誠実であった。薔薇クラスにおもねることはなく、かすみ草クラスを足蹴にすることもしない。公平性を重んじるひとだ。

それが、煌の好きになったひとだ。

自分が好きになったひとを疑いたくない。

とはいえ、次のお茶会が心配だ。自分の日常の振る舞いが学園経営陣の不興を買い、退学になったらどうしよう。

普段は真面目に授業を受け、放課後は喫茶部で精力的に活動している。ときおり行われる小テストの点数はまずまずだ。もうすこし真剣に取り組めば、さらなる高みを目指すことができるだろう。

それにはやはり、学力も人格も上の誠司の力がほしい。

かすみ草クラスからマーガレットクラスのひとを誘うことはできないから、期待を込めて図書室に向かってみた。来週早々、人間学についての小テストが控えている。マーガレットクラスならもっとレベルの高いテストを受けているだろうから、可能ならばアドバイスを受けたい。

放課後の図書室は静かだが、大勢の生徒たちが集まっている。皆、真面目な顔でノートや参考書を開いていた。

　ひとりひとり失礼のない範囲で顔を確かめていく。

　誠司は窓際のデスクにいた。

　ぱらぱらとノートをめくっている彼に、小声で「こんにちは」と声をかけた。表向き、かすみ草からマーガレットに声をかけるのは控えるべき、というのがこの学園のルールだが、幸い誠司の周囲にひとはいない。

　ふっと顔を上げた誠司が嬉しそうに笑う。

「きみも勉強？」

「はい。来週、人間学の小テストがあるので……あの、もしよかったら、指導していただけませんか」

「俺にできることならなんでも。とりあえずそこの席にどうぞ」

　うながされ、正面の席に腰掛けた。

「マーガレットクラスでも人間学について学ぶんですよね。どんなことを勉強するんですか」

「哲学をメインに、ひとびとのさまざまな思想を学ぶんだ。僕らマーガレットはいま、ヘーゲルについて学んでいる」

「ヘーゲル……」

「ルソーというひとの名は聞いたことがある？」

「はい、ちょうどいま学んでいる最中です」

「強者が世界を統《す》べるのではなく、皆で社会を作り上げようと唱えたのがルソーで、その考えをさらに広げたのがヘーゲルだ。なぜ人間だけが戦争をするのか？　それは生きたいように生きたいという欲望、つまり『自由』の欲望を持っているからだと考えた。富への欲望、権力への欲望、憎悪、プライド……戦争の理由はたくさんあるが、ヘーゲルの出した答えはこうだ。俺たちがほんとうに自由になりたいのなら、それをただ主張して殺し合うのはやめにしなければならない。かといって、権力者に国を治めさせても、大多数の人の自由は満たされない」

「じゃあどうすればいいんですか」

問いかけると、シャープペンシルを指ではさんでくるりくるりと器用に回す誠司がひたと見据えてくる。

「考え方はひとつだけだ。お互いがお互いに、相手が対等に自由な存在であると認め合うこと。そのルールによって、社会を作っていくこと。おそらくこれ以外に、俺たちが自由に平和に生きる道はない」

「……アルファとベータ、オメガの関係性についても同じことが言えますね。この華園学園で第二性は絶対というほどでは重要視されていないようですけど、薔薇、マーガレット、かすみ草という別のはっきりした階級分けがされていきます」

「一律平等にすると、上に行きたいという闘争本能を失うからね」

いつになく皮肉めいた声が気にかかるが、上級クラスの学びは興味深くてついつい聞き入ってしまう。

誠司はすでにルソーについてひと渡り知っていたので、重要な箇所をピンポイント形式で教わっていくことにした。

誠司とふたりで熱心に論じ合っていると、脇を通り過ぎる学生たちがこちらを見て小声でやりとりを始める。

その会話の内容は、先日、玲一と一緒にいたときに聞いたのと似ていた。

「ベータがかすみ草のオメガの面倒を見てやってなんのメリットがあんの？」

「オメガならではの気持ちいいセックスとか」

まるで品のない声に怒りで耳がちりちりと熱くなる。

ぐっとくちびるを噛み締めたことに気づいたのだろう。誠司が手をそっと摑んできて、「うるさい外野に耳を貸す必要はないよ」と言う。

「僕ときみが親しくしていることはだんだん学園内に広まっている。この関係が当たり前になってしまえば、おもしろくない噂をする奴も減るよ」

「でも、僕、あなたを巻き込んでいるようで……本意じゃないのに」

「気にしない気にしない。階級は違えど、きみは俺が好き、俺はきみが好き。これが、俺たちの望む自由だよ」

言い含められて、煌はあやふやな笑みを返した。

すくなくとも、自分がベータだったら、誠司も噂に巻き込まれずにすんだはずだ。

オメガだから。

煌が子宮を持ったオメガ男子だから、いらぬ噂があとを絶たない。

「さあ、気を取り直して勉強勉強。来月にはお茶会があるしね。きみと一緒に一気に薔薇クラスへの昇格といきたいな」

「頑張ります」

噂されるのは、外界でも学園内でも一緒だ。

だったらそれはそれと割りきり、いまは華園学園にいることの意味を大切にしたい。ここを薔薇クラスで卒業できれば、煌は希望の土地にカフェを出すことができる。出資はすべて華園財閥が取り仕切ってくれるのだ。

華園学園卒業というカードはこころ強い切り札となるだろう。利用できるものならなんでも利用しなければ。自分らしくもないそんな考えが胸をよぎる。

だけど、誠司は誰かを利用しようなんてみじんも考えていないだろう。

彼はたったひとりの大切なひと。

どんな形で学園を卒業するか、いまはまだわからないが、できれば一緒に歩いていきたい。

そのためには目の前のテストで高得点を取る必要がある。

気を引き締め、煌は参考書をめくった。

6

十二月に入った途端、粉雪がちらつきだした。

「うわ、さっむ。僕、寒いの苦手なんだよね」

イベントホールへ向かう間、玲一は首をすくめ、ジャケットの前を深くかき合わせていた。

今日は待望のお茶会の日だ。

この日だけは、薔薇、マーガレット、かすみ草と分け隔てなく交流を持つことができ、その後、各クラスへの異動発表が行われる。

生徒それぞれが期待に満ちた顔できらきらとまばゆいシャンデリアの垂れ下がるホールへと入り、まずは各クラスのテーブルへと着く。

一時間ばかりは交流タイムだ。

「煌、僕、氷室さんのところに行ってくるね」

弾む恋ごころを抑えきれない面持ちの玲一の背中をぽんと押し、「行ってらっしゃい」と送り出した。

日頃、かすみ草クラスでともに学ぶ同級生たちも、この日とばかりにマーガレットや薔薇クラスの生徒に話しかけている。そこここで笑い声が上がり、賑やかだ。

この日のために、骨董部と喫茶部は共同作業し、よく手入れをされたアンティークカップに、華やかな香りの紅茶を提供していた。

自分も誠司のところに行こうか。

そう思ってきょろきょろとあたりを見回すと、思いがけない光景が目に飛び込んできた。

数人の男子に囲まれた誠司がそこにいた。なにかおもしろい話でもしていたのか、楽しげな笑い声がここまで聞こえてくる。

誠司を囲んでいるのは、かすみ草、マーガレットの生徒たちだ。皆誠司の豊富な話題に引き寄せられたようだ。割り込む隙もなく、ただただ遠くから眺めるしかない。

こちらに背中を向けている誠司をじっと見つめた。

——振り向いてくれないかな。

——見つけてくれないかな。

弱気なことを考えるぐらいなら勇気を出して輪の中に入っていけばいいのに、誠司を囲む男子たちの笑顔がまぶしすぎて足がすくむ。

こうして大勢の生徒のなかにいる誠司を見るのは、入学直後のパーティ以来だ。彼は日々研鑽《けんさん》を積み、いまや大勢のひとを惹きつける存在となったのだろう。

「誠司ならきっと薔薇クラスに行けるぜ」

「だよな。この間の小テストでもトップだったし、教授陣の覚えもめでたいし」

「いや、俺はまだだよ。初めてのお茶会でいきなり薔薇クラスへ昇格できるとは思ってない」

謙遜《けんそん》する誠司の背中が広く見える。

「もうすこしレベルアップして、次のお茶会あたりで薔薇に呼ばれたら嬉しいな」

「おまえー、真面目だな」

「皆、薔薇になりたくて必死にあがいているっていうのに」

「誠司はもっと欲深になったほうがいいぞ」

もてはやされる誠司を見ているのがつらく、ひとりテーブルへと戻った。

かすみ草のテーブルは静かなものだ。

パートナーを見つけられなかった者たちがひっそりと食事をしている。

そこに交ざり込み、煌も紅茶を飲み、ケーキを口に運ぶ。

誠司と食べたショートケーキの甘さを思い出すと、胸が苦しい。

いくら、好きだと言い合っても、ベータにとってオメガは特別な存在ではない。

『オメガならではの気持ちいいセックスとか』

いつだったか、図書室で通り過ぎた学生たちにそう揶揄《やゆ》された。

そうだ。たぶん、それしかない。オメガはベータの子を孕《はら》むことができないし、そもそもベータ同士で結ばれたほうがなにかと安全なのだ。生まれてくる子もほとんどがベータなのだし。争いごとを好まないベータは周囲にすんなり溶け込み、オメガとアルファという正反対の性を取り持つ潤滑剤となってくれるような存在だ。

誠司もきっとそのひとりなのだろうけれど、薔薇入りを噂されるだけあって、ひときわ華がある。しばしの歓談が終わり、華園学園の理事長である、華園祐一が姿を現した。そのことにお喋りに興じていた生徒たちは各テーブルへと駆け戻っていく。玲一も、煌の隣に慌てて戻ってきた。

入学式で挨拶した以来、一度も顔を見たことがない華園。聞くところによると華園財閥内でも重要なポストにいるせいで、分刻みのスケジュールを送る忙しい身の上なのだとか。

四十代後半と思われる華園はどこからどう見ても立派なアルファだ。隙のないネイビーのスーツを身にまとい、壇上に立つ。途端にホール内が静まりかえった。

「交流会は楽しかっただろうか。すこしでもきみたちのスキルアップに役立っているといいのだが」

まなざしが厳しい華園と一瞬目が合った気がして、びくんと身体が震える。

目を、つけられた気がする。

入学してもう三か月。理事長は不在の日が多いが、教授陣から学生に対するレポートにも目を通しているだろう。

仕事が完璧にこなせる大人の男——華園はジャケットの内ポケットから手帳を取り出し、抑揚のない声で話しだす。

「これから各階級の異動を伝える。周藤玲一、かすみ草から薔薇クラス昇格とする」

「わ……、嘘……！」

ガタンと音を立てて玲一が立ち上がる。紅潮した頬を両手で押さえ、いまにも涙がこぼれ落ちそうだ。

「あ、あ、……ありがとうございます！」

「きみは勉学とともに部活動にもよく励み、多くの生徒たちと上手にコミュニケーションを取ってきた。その点を考慮して、マーガレットよりもひと息に薔薇クラスへの配置とした。これまで以上に励むように」

「はい……！　頑張ります、ありがとうございます」

深々と頭を下げ、潤《うる》んだ目で煌に耳打ちしてくる。

「一気に薔薇へ行けるとは思ってなかった……煌も絶対薔薇だよ。そうじゃなかったらマーガレットに昇格だよ」

「うん、ならいいんだけど……ともあれ、ほんとうにおめでとう」

「ありがとう。煌からのお祝いが一番嬉しい」

顔をほころばせる玲一に微笑み返す。

華園が次々に薔薇、マーガレットへの昇格を告げていく。

そのなかには予想どおりの名も上った。

「マーガレットの印南誠司を薔薇クラス昇格とする」

「え、俺が？」

驚いた顔の誠司がすぐさま立ち上がる。

「きみは温和な性格で多くの学生たちを惹きつけてきた。ベータだが、アルファにも劣らない統率力がある。骨董部での活躍も耳にしている。そこを見込んでの昇格だ。なにか不服か」

「いえ、とんでもありません。ありがとうございます」

かしこまった面持ちの誠司が深々と一礼した。真っ先に煌が拍手すると、ホール全体で歓声が沸き起こる。

「おめでとう誠司！」

「おまえなら行けると思ってたよ」

「ありがとう。薔薇の名に恥じないよう、切磋琢磨《せっさたくま》していくよ」

すこし離れたテーブルから誠司がこちらを振り向き、ウインクしてくる。

ぽっと頬が熱くなり、じわじわと幸福感が満ちてくる。

彼は自分を忘れてはいなかった。ちゃんと意識してくれていたのだ。

「次に、降格する者たちの名を告げる。薔薇クラスの――」

華園は薔薇クラスの者を三名マーガレットへ、マーガレットクラスの者を二名、かすみ草へと落とした。

降格した者は一様に青ざめ、黙ってうつむいている。

それに介さず、華園は手帳のページをめくる。

「最後に、かすみ草以下のクラス――雑草クラスへ降格する者を告げる」

華園の言葉に皆がざわめいた。

雑草クラスなんて、初めて耳にした。華園学園は、薔薇、マーガレット、かすみ草の三階級だけだと思っていたのに、さらに下があるのか。

華園の視線がまっすぐに煌を射貫く。

「葉月煌、本日よりかすみ草から雑草クラスへ降格とする」

「そんな……！」

煌よりも先に玲一が声を上げていた。華園の迫力にたじろぎながらも、「なぜでしょうか」と玲一が食らいつく。

「なぜ煌が……雑草クラスに降格されるんでしょうか。僕たちは、雑草クラスがあるなんて初めて知りました」

「当然だ。葉月のようにふしだらな者のために作ったクラスだからな」

「ふしだら……」

「葉月は勉学、部活動に熱心だが、どうも恋愛にうつつを抜かしているようだ。華園学園はおのおののスキルアップを目指す場所であって、恋を楽しむ場所ではない」

「ですが理事長、雑草クラスは煌ひとりなんですか」

「そうだ。今日から葉月はかすみ草、マーガレット、薔薇の命じることならばなんでも聞くように。きみは最下層の人間なのだからな」

「挽回――のチャンスはあるんですか」

かすれた声をようやく絞り出すと、華園はふっと笑い、肩をそびやかす。

「次のお茶会までに、めざましい活躍を見せてくれればな。そうすれば、またかすみ草に戻してやろう。出来次第ではマーガレットに上げることも考えないわけではない。以上、解散」

皆緊張の糸から解かれたようにほっとした顔でホールを出ていく。悄然《しょうぜん》と肩を落としているのは降格した学生だろう。

雑草クラス――自分のために急ごしらえで作られた最下層。

「煌くん、煌くん、こんなの間違ってる。俺がいまから理事長に掛け合ってくる」

いつの間にかそばにいた誠司がめずらしく怒気をあらわにしていた。

笑顔が地、というような男の怒った顔を見たのはこれが初めてかもしれない。

「そうだよ煌。僕も誠司さんと一緒に直談判してくる」

「やめろ、ふたりとも」

割って入ったのは薔薇クラスに残留となった氷室だ。

「理事長の言うことは絶対だ。……俺たち生徒がなにを言ってもひっくり返らない。それどころか、返り討ちに遭うぞ。玲一、誠司、妙なことをしでかしたらおまえたちも雑草に落ちることになる」

「和明さん……じゃあ、どうすればいいの。煌と僕たちはいままでどおりにつき合えないの？」

「ああ。俺は寮長だから、前もって雑草クラスができることは知っていた。そこに葉月が入るとは思わなかったがな。明日から、かすみ草寮の地下で過ごしてもらうことになる」

冷ややかな声の底に、苦しげな感情が見え隠れしていた。氷室なりに思うところはあるのだ。

「地下室、なんてあるんですね」

「陽は差し込まないが、ひととおりの物はそろっている。制服もいまと同じだが、ネクタイはなしだ」

「完全な差別じゃないか」

声を荒らげる誠司に、「俺に怒るな」と氷室がため息をつく。

「理事長権限なんだよ、どれも。俺たちはこの学園にいるかぎり、理事長には逆らえない。すこしの辛抱だ、葉月。次回のお茶会——三か月後には理事長を見返してやれ」

「俺は納得できない」

憤然《ふんぜん》と誠司が吐き出す。

「恋にうつつを抜かしてふしだらだって言うなら、俺も同罪じゃないか。俺だって煌と同じ雑草に落ちてもいい」

「せっかく薔薇になったのに物騒なことを言うな。誠司、おまえはおまえ自身の人望や成績で薔薇になったんだぞ。……大丈夫だ。俺もできるかぎりのことはするから。玲一の大切な友人を見捨てることはしない」

言いきった氷室に、「ほんと?」と玲一がすがる。

「煌がまたかすみ草に戻れるよう尽力してくれる?」

「俺のできる範囲では、だ。葉月自身の向上心がなかったらなにもかも台無しになるから、下手に落ち込むのだけはやめろ。いいな」

「わかり、ました」

すくなくとも、この三人は見捨てないでいてくれる。

かすみ草よりも下の雑草クラスに落ちたとなった以上、どんな日々が待ち受けているかわからない。

「とりあえず、今日はここまでだ。葉月、寮に戻ったら荷物をまとめておけ」

「はい」

誠司がなにか言いたそうな顔をしていた。口を開いたり閉じたりしていたが、この場にふさわしい言葉が出てこないようで、やがてうつむく。

彼が薔薇になった以上、こちらからは容易に声をかけられない。それどころか、彼ら――薔薇やマーガレットの雑用に追われることになるのだ。

だが、ここで折れてなるものか。

夢を掴むために、この学園に入ったのだ。

まだ猶予《ゆうよ》はある。

しばらくは誠司とも気軽に会えないだろうけれど、きっとチャンスはある。

一縷《いちる》の望みに賭けて、煌はぎゅっと拳を作った。


「……こんなものかな」

部屋に戻ってすぐに荷物をまとめた。もともと、ここに来るときに持ってきた物はすくない。キャリーケースひとつに収まる程度だ。

シンプルだけど、落ち着きのあるいい部屋も、今夜でお別れだ。

ベッドにごろりと寝そべり、クリーム色の天井を見上げているうちに、しだいに胸の奥が痛くなり、ほろりと涙がこめかみを伝って落ちていく。

——雑草クラスへ降格。

理事長がそう告げたとき、ホール内の空気が凍りついた。

氷室をのぞき、誰しもがかすみ草よりも下のクラスがあるなんて寝耳に水だったのだろう。

ふしだら、という言葉も煌をさいなんだ。

箱根での熱い夜をきっかけに、無意識に誠司をたぶらかしてしまっていたのかもしれない。本来、オメガが発するフェロモンはアルファのみにしか効かないのだが、何度も身体を重ね合ううちに、ベータである誠司に変化が現れたという可能性もある。

そのことを思うと、誠司に申し訳なさが募る。

彼が薔薇になったことは素直に喜ばしい。誠司が告げる命令ならどんなことでも聞く。

けれど、オメガであるうえに雑草クラスに落とされるなんて。

「どこまでいってもついてないなぁ……」

熱い涙が次々にこぼれ落ちていく。嗚咽《おえつ》を上げることはしなかったけれども、涙を止める術はない。

泣きたいときは思いきり泣いてしまえ。

自分にそう言い聞かせ、涙があふれるままにしていると、扉をノックする低い音が聞こえてきた。

心配してやってきた玲一だろうか。

力なく起き上がり、扉を開ける。

思わず、両手で口を覆った。

「……誠司さん……!」

戸口に立っていたのは薔薇クラスになったばかりの誠司だ。早くも深紅のネクタイを締め、以前よりも男っぷりが増している。

こんなときなのにぼうっと見とれている煌の目縁をそっと人差し指で拭う誠司が、「泣いてた?」と囁いた。

「いけません、あなたはもう薔薇なんだから、こんなところに来ちゃ……」

「きみを泣かせたまま帰るわけにはいかないよ。部屋に入れてもらっていい?」

薔薇の言うことは絶対だ。こくんと頷いて彼を室内に入れ、さっとあたりを見回して素早く扉を閉める。こんなところ、誰かに見られたらおおごとだ。

すでに荷造りを終えた室内を見渡す誠司が腰に手を当て、嘆息している。

「ほとんどの物はすでに梱包ずみなんですけど、茶器類は部屋に備えつけのものです。……お茶、飲みます?」

「ああ、一緒に淹れよう」

泣き腫らした目縁がまだじんじん滲《し》みるけれど、まさか誠司のほうから訪ねてきてくれるなんて思わなかったから、胸が弾む。

夜だから、という理由で、ノンカフェインのハーブティを淹れることにした。

「レモンバーベナにしましょうか。神経を落ち着かせる効果があるんです。ここに来たときに玲一に淹れてもらって以来、お気に入りなんですよ」

「うん、いい香りだ」

茶葉が入った缶に鼻先を近づける誠司が、部屋備えつけのティーカップを取り出す。

ポットに茶葉を入れて湯を注ぎ、しばし蒸らす間、どちらも口を開かなかった。

なにかうっかり不用意なことを口にしてしまえば、この繊細な空気があっという間に弾けてしまいそうだったからだ。

ハーブのいい香りがうっすらと漂い始めたところで、ふたつのカップに注いだ。ふわりとやさしい香りに、ささくれ立っていた神経がすこしずつ鎮《しず》まっていく。

ソファに並んで座り、カップを手に取った。

「……来てくれて、嬉しいです」

口にすると、実感がじんわりとこみ上げてくる。

「ひとりだといろいろ考えちゃって……」

「きみがふしだらだなんてそしられることはないんだ。そもそも､俺が先に手を出したんだから」

香りのいいハーブティーを飲みながらも、誠司の声色は怒りを孕んでいた。

「いまからでも華園理事長に物申したいよ。今回の決定は絶対に間違っている」

「誠司さんが僕のぶんまで怒ってくれるだけで充分です。大丈夫ですよ。明日からは雑草になるけど、誠司さんや玲一、氷室さんがいればなんとかやっていけると思います」

「でも」

「誠司さんこそ、僕なんかのために間違いを起こさないでくださいね。せっかく薔薇になったんですから」

「薔薇、か」

首元に垂れる赤いネクタイの先をつまみ上げ、誠司は自嘲気味な顔だ。

「こんな差別が激しい学園に、俺はなにを求めて入ったんだろう……」

「そういえば、誠司さんはアンティークショップを開く夢があるんですよね。お祖父さまが蒐集した品々を並べるお店。どんなお店にする予定なんですか」

自分の重苦しい立場だけにこころを閉じさせたくないから、努めて明るい声を出した。

「場所はもう決まってます？」

「あ、ああ。清澄白河《きよすみしらかわ》という下町なんだが、東京メトロが通ったことで最近すごく活気づいているところなんだ。美容院もカフェもどんどん建っている。十メートルごとに美容院があるぐらいだよ」

「すごい。清澄白河……聞いたことはないですけど、自由《じゆう》が丘《おか》とか中野《なかの》とか、あんな感じのおしゃれな街ですか」

「もっと落ち着いてるかな。ファミリー層が多く住んでいるところでね、寺院がそこらにある。庭園もあって、歩くたびに新しい発見があるんだ。そうだ。今度の休日にきみを清澄白河に連れていこうか」

「だけど僕、雑草だし……休日もあるかどうかわかりません」

「大丈夫。こういうのはこころ苦しいが、薔薇が命じればきみを外に連れ出すこともわけない。いまの俺にできるのはそれぐらいだけど」

忸怩《じくじ》たるものを抱えているのだろう。誠司の声のトーンが低くなるのを感じて、ことんと彼の肩に頭をもたせかけた。

「誠司さんが落ち込む必要はありません。僕はオメガだから……こういう処遇には慣れています」

「そんなのに慣れちゃだめだ。きみは確かにオメガだけど、いつか子どもを産むことができる素晴らしい身体なんだ。そこは誇ってもいい」

「三か月ごとにアルファを誘惑するフェロモンを発してしまっても……?」

「ああ、卑下《ひげ》することはない。そういう体質だというだけのことなんだから」

「……うん。誠司さんがアルファだったらよかったのにな。そうしたら、僕、あなたの子を宿せます」

びくんと誠司が肩を震わせる。

失礼なことを言ってしまっただろうか。慌てて「すみません」と謝った。

「ベータを否定しているわけじゃありません。僕がベータだったらよかったのかもしれませんね。そうなら、なんの障害もなく、誠司さんと一緒に過ごせたかも」

「煌くん……」

「あなたにはあなたのままでいてほしい。僕がどうにかすればいいだけのことです。僕が頑張って、次のお茶会でまたかすみ草クラスに戻ればいいんです」

「俺もついてるから」

頬にやさしくくちづけられ、恥じらいながら「はい」と頷いた。

誠司の甘いキスに溺《おぼ》れたくて、彼の背中に手を回した。

7

雑草クラスに落とされたあとの数日間は、透明人間になったかのようなこころもちだった。

誰からも注目されず、話しかけられない。雑草クラスになったものの、授業は以前と同じ、かすみ草クラスで受けていた。理事長の唯一の温情だろう。

こちらからは誰にも話しかけることができないので、教室でもぽつんとしていた。

煌が雑草クラスに落ちたということは生徒全員が知っているので、皆、目を合わせようともしない。同情心から話しかけようものなら、自分までも雑草クラスに落ちてしまうと怯えているのだろう。

クラスメイトをなじる気にはなれなかった。

誠司だけが頼りだった。薔薇クラスになった誠司は以前よりも大勢のひとに囲まれ、せわしなく対応していたが、教室で、廊下で、煌を見かけるとすぐに駆け寄ってきて笑顔で他愛ないことを話してくれ、こころを明るくしてくれた。

薔薇やマーガレットだけでなく、かすみ草クラスからも雑事を押しつけられ、喫茶部に顔を出すのが難しい日も多々あった。

雑草クラスは自分ひとり。日常のもろもろをこなしたあとは、暗い地下室へと下りていく。この瞬間が一番みじめだった。

ここまでされて、華園学園にいる必要があるのだろうか。

苦しくてもなんとかこの場をしのぎ、次のお茶会でクラスアップすれば、また以前のような日々に戻れるはずだ。

そう自分を鼓舞《こぶ》したが、こころのどこかは凍りついていた。

またかすみ草に戻れば、同じクラスの者たちも普通に話しかけてくるだろう。

そこがいま、疑問に感じるところだ。

クラス落ちしてわかったことがひとつある。

昨日まで楽しく喋っていた同士なのに、煌が雑草になった途端遠巻きにし、穢《けが》れに触れないようにしている。それは、降格した者すべてに通じることだった。

薔薇からマーガレットへ、マーガレットからかすみ草に落ちた者には皆、一様に距離を置いている。

葉月煌という人物を信じるのではなく、クラスメイトはあくまでも「かすみ草」という肩書きを持った煌と言葉を交わしていたのだ。だから、煌が雑草になってしまえば即座にそっぽを向き、いつかまたかすみ草に戻ったときはなにもなかったような顔で、「煌、かすみ草に戻れてよかっ

にと。
生徒たちはおのおのの表情を窺い、用心し合っている。自分までもが雑草に落とされないよう
薔薇だから、マーガレットだから、かすみ草だから――。
たな」と肩を叩いてくるだろう。

「煌、ここいい？」

ある日のランチタイム、サンドイッチが美味しいカフェでひとり昼食を取っていると、深紅のネクタイを締めた玲一がにこにこ笑いながらトレイを窓際のテーブルに置く。

玲一は、誠司同様、以前となにも変わらない希有《けう》な人物のひとりだった。

「どうぞ」

椅子を引いてやると、「お邪魔します」と玲一が腰掛ける。薔薇クラスになってからまだ一週間も経っていないが、前よりもずっと品がある玲一の横顔に見とれた。

「煌はなに食べてるの？」

「今日のおすすめ。ふわふわたまごとレタスのサンドイッチ」

「あ、それ僕も好き。パンに厚みがあって美味しいんだよね。僕のランチはトマトとモッツァレラチーズとバジルのパニーニ。ね、ね、ひと切れずつ交換しない？」

「いいよ」

チーズがとろりと糸を引くパニーニをひと切れ受け取る代わりに、分厚いサンドイッチを渡し

てやる。早速サンドイッチにかぶりつく玲一が、「ん、美味しい」と顔をほころばせた。その無邪気な顔は以前の玲一とどこも変わっていなくて、ほっとする。

「……玲一はやさしいよね。最初から僕にあれこれ話しかけてくれて、この学園に馴染ませてくれた」

「だって同じオメガだし、煌は誰より綺麗で話しかけたかったんだよ」

「僕が雑草になってしまっても普段どおりに接してくれるのは玲一と誠司さんぐらいだよ」

「和明さんもいろいろと裏で奔走《ほんそう》してるよ。一度なんか、ひとりで華園理事長に直談判しに行ったぐらい」

「ほんと？　氷室さんが？」

あの冷ややかな男の熱い一面を垣間見《かいまみ》た気がして驚く。

「オメガの僕が一気に薔薇へと上がれたのに、どうして煌は降格したのかって、和明さんもおかしく思ってるみたい。だってそうでしょ？　ふしだらだからっていう一点で降格されるなら、和明さんと終始いちゃいちゃしてた僕だって同じ処分を受けていたはずだよ」

「でも――それは、玲一が氷室さんの運命の番だから……」

「それってずるくない？」

パニーニを食みながら、玲一が言う。

「確かに僕と和明さんは運命の番で、周囲にも隠していない。アルファのこころを射止めたオメガだったから、降格されなかったってことなのかな。だとしたら、あんまりじゃない？　誠司さんはベータだから運命の番にはなれないけどさ、そこで煌が割を食うのは納得がいかない」

「まあ、うん」

「和明さんが華園理事長に相談しに行ったとき、こう言われたんだって。『アルファと運命の番となったオメガはいずれアルファの子を宿す。選ばれし者であるアルファの子を産む存在ならば、それだけで薔薇の資格がある』って。ずいぶんな言いようだよね。僕たち、産卵機械じゃないっていうの」

「確かに……それはひどいよね」

「薔薇に上がれたのは素直に嬉しかった。このまま薔薇クラスで卒業できれば、約束された未来が待ってるから。でも……和明さんの聞いてきた話と、煌の処遇を考えると、ほんとうに薔薇でいいのかって迷いが生じるよ。僕は特権階級に交ざりたくて入学したんじゃない。素敵なパートナーのために修行を積みたかっただけ」

「それが和明さんなんだよね」

頷く玲一が頬杖をつく。

「もともとオメガだっていうだけで色眼鏡で見られてた外の社会から華園学園に来て、第二性よりも各個人の才能を重んじてクラス分けするところには引かれたんだよ。これはほんとう。マーガレットクラスにもアルファはいたし、かすみ草にもベータはいたしね。でも……理事長の言葉を聞くかぎり、ここはよりよいアルファを生み出す機関なのかなって疑っちゃう」

「うん……」

すこし冷めた紅茶で喉を潤し、とりとめのないことを考える。

第二性に関係なく、すぐれたスペシャリストを育成する特別な学園——それが、ここに来るまでの華園学園に対するイメージだった。

しかし、一歩中に入るとさまざまな制約があった。

薔薇、マーガレット、かすみ草とクラス分けがされ、下のクラスから上のクラスには話しかけられない。薔薇たちも、なんの用もなく下のクラスの者と馴染むのはよくないとされている。

あからさまな差別をどう受け止めればいいのか。来年の八月まで、ここで無事に過ごしていけるだろうか。

「……僕、このままずっと雑草でもいいな」

「なに言ってんの煌」

「だって、もし僕がかすみ草に戻れたとしたら、以前の友人たちが笑顔で話しかけてくるってことだよね。それって、まやかしの友情だ。皆、自分の立場に敏感で、いまいるクラスからはみ出さないようにいつもいろんなことを気をつけている。窮屈だよ、正直。だったら、最下層の雑草でもいい。僕だけがつらさを引き受ければいいんだから」

「そんなネガティブな考えはやめやめ。らしくないよ、煌」

「僕らしさって、なに?」

真面目な顔で問いかけると、玲一が困った顔をする。知り合ってまだ数か月、すべてを知っているとは互いに言いがたい。

「……なんて、ごめん。玲一に絡んでも仕方ないよね。なんだかんだ言って、雑草になったことがショックなんだろうな僕。かすみ草以下になるなんて思いもしなかったから。傲慢《ごうまん》だった」

「煌……」

慕わしげな表情の玲一がきゅっと手を掴んでくる。

「きみにそんな寂しいことを言わせた僕が悪かったよ、ごめん。謝らないでって言われても謝る。僕こそ薔薇になったことで無意識に偉そうにしてたかもしれないし」

「玲一は前と変わらない。すごくいい奴だよ」

笑いかけると、玲一は納得したらしく、パニーニの残りを口に押し込む。

「クラスが変わっても僕らは友だちだよ、煌」

「ありがとう」

そのひと言にどれだけ勇気づけられたか。

それから一か月近くは雑用に追われ、誠司ともろくに言葉を交わす時間がなかった。

会いたくてたまらない夜もあったけれど、いまや雑草の身で薔薇クラスの寮に忍び込む度胸はない。寸暇を惜しんで誠司のほうから会いに来てくれたことは二度ほどあった。

就寝時間をとっくに過ぎた真夜中にとんとんと扉がノックされたら、どんなにうとうとしていてもぱっと飛び起き、忍んで来てくれた愛おしい男にしがみついた。

ほしい、と思う気持ちは互いに同じだったようだ。

長居してもらうことはできなかったけれど、短い時間の中でも濃密な愛撫をほどこされ、もうこの身体は誠司以外に感じないとさえ思ったぐらいだ。

運命の番でなくても、誠司がいてくれればそれでいい。

季節は過ぎ、冬本番へと突入していく。

学園内は、クリスマスイブに開かれるパーティのことで浮き立っていた。この日は階級を超えてダンスパートナーを探すことができると寮長の氷室が教えてくれた。

素晴らしいダンスを披露し、華園理事長の目に留まれば、次のお茶会でかすみ草に戻れる可能性が高い——そうアドバイスされ、煌はすこし迷いながらも、深夜部屋を訪ねてきてくれた誠司に頼んでみた。

「クリスマスパーティ当日、僕と一緒に踊ってくれませんか。男同士で踊るっていうのも変かもしれませんけど……パートナーはあなたしか考えられなくて」

はにかむ煌に、誠司は嬉しそうに笑っていた。

「俺のほうから申し込むつもりだったよ。皆の目を引くダンスを披露しよう。明日から放課後は一緒に練習する？」

「いいですか？　よかったらぜひ」

鷹揚な男に胸を疼かせ、クリスマスパーティまで放課後は空き教室を使ってふたりでダンスの特訓をすることになった。

皆に内緒で、秘密のレッスン。

そう考えると、たったひとりの雑草の身であることがありがたく思える。これが薔薇やマーガレットだったら友人同士でも行動を気にし合うだろうし、牽制《けんせい》もするだろう。

誰にも気にされない立場だからこそ、できることもあるのだ。

考えようによっては気楽なものだ。ルールさえ守っていれば、人目を気にしないですむ雑草だ。

翌日から、日中は真面目に授業を受け、薔薇やマーガレットたちから言いつけられた用事をこなしたあとはまっすぐに空き教室に走った。学習棟には教室が多くある。

そのうちのいくつかは予備教室として開放されており、前もって申請しておけば誰でも自由に使うことができた。

クリスマスイブまで二週間。ダンスの基礎さえ知らない煌は、誠司だけが頼りだ。ダンス曲はスマートフォンで流すことにした。

「遅くなってすみません」

「大丈夫、俺もいま来たところだよ」

扉を開いた空き教室では、すでに誠司が待っていた。ジャケットを脱ぎ、ワイシャツの袖をまくり上げている。

「煌くん、ダンスの経験は？」

「お恥ずかしながらゼロです」

「とりあえず、簡単なステップから始めようか。リードは俺に任せて」

「わかりました」

煌もジャケットを脱いで教室の片隅に置き、正面に立つ誠司を見上げる。

「背筋を伸ばして、俺をまっすぐ見て、手を摑んで」

「は、はい」

十二月の午後の淡い陽射しが入る教室で、上背のある誠司の手を摑む。大きくて、温かい手だ。息を深く吸い込み、ぴしりと背を正した。

床に置いたスマートフォンから音楽が流れ始める。軽やかなテンポの曲調に合わせて誠司がゆったりとステップを刻み、煌をリードしていく。

「そうそう、右足を前に……今度は左足を軸にして、次にターン、……って、いって」

「うわ、すみません」

足がもつれて、思いきり誠司の脛《すね》を蹴ってしまった。

脛をさする誠司は「大丈夫大丈夫、このぐらい」と苦笑している。

「筋がいいよ、煌くん。もう一回頭から行こうか」

「お願いします」

意気込む煌に、「リラックスして」と声がかかる。

「音を楽しんで。俺に身をゆだねてしまっていいから、流れる音に乗って」

「わかりました」

もう一度スマートフォンで音楽を流し始め、手に手を取り合ってステップを踏む。

「そう、音に身体を乗せて……右足、次に左足。それからターン」

彼の腕の中でくるりと回り、つたないながらもステップを続けていく。触れ合う手、胸が逞しくて、ただ踊っているだけなのにいやにどきどきしてしまう。

「いいね。このままもう一回踊ってみよう」

「了解です」

三度音楽をかけ、ステップを踏む。今度はスムーズにターンし、きちんと最後まで踊りきることができた。

「はぁっ……はぁ……っ……なんとか、踊れ、た」

「うまいうまい」

真剣に三曲続けて踊ったら、お互いに汗だくだ。

「緊張したけど、楽しかったです。もっと練習すればうまくなるかな」

「なるなる。呑み込みが早いから、煌くんは」

心地好い疲労感に身を包まれながら、そろって壁に背を預けて床に座る。

「あー、喉渇いた」

「じゃ、僕、外の自販機で飲み物買ってきますね」

「俺が行くよ」

「誠司さんにはお世話になったから僕が行きます。なにが飲みたいですか」

「じゃ、お言葉に甘えて。ミネラルウォーターをお願いしようかな」

「わかりました」

手ぶらで教室の外に出た。廊下の突き当たりに自動販売機があるのだ。華園学園の生徒ならどれでも無料で飲める。ミネラルウォーターのボタンを二度押し、転がり出てきたボトルを持って空き教室に戻った。

「お待たせしました。はい、どうぞ」

「ありがとう」

よほど喉が渇いていたのだろう。誠司は喉を反らし、美味しそうにミネラルウォーターを飲み干している。

「これから二週間、毎日一時間ほど特訓しよう。そうすればイブの夜は完璧だ」

「つき合わせちゃってすみません。なにかお礼をしないと」

「お礼なら、これがいいな」

不意に肩を抱き寄せられ、ちゅ、とくちびるを重ねられた。ふわりと灯った熱はやさしくて、身体に染みとおる。

雑草クラスになってからというもの、なにかと忙しくて、誠司とも満足に触れ合っていなかった。

「誠司さん……不意打ちすぎ」

「俺の隣で無防備にしているきみが可愛くて」

「もう……」

抑えていた欲情がむくむくとこみ上げてくる。それをいいことに、誠司がちろっと上くちびるを舐めてくる。そのことでくちびるが自然と開き、誠司を求めてしまう。

顎を持ち上げられて、深くくちびるをむさぼられる。

「ん……っ」

誠司も我慢していたのだろう。最初から舌がきつく絡みついてきて、じゅるりと吸い上げられた。熱い舌でうずうずと擦られて、甘い疼きが身体の奥底からじゅわじゅわと這い上がってくる。

「ぁ……っう……」

くねり挿る舌に翻弄されて、胸が苦しくなる。

ここは教室なのに。いつ誰が入ってきてもおかしくないのに。

舌を淫猥に吸われながらそっと胸をまさぐられ、余計に感じてしまう。誠司に抱かれるようになって初めて知った性感帯だ。

シャツのボタンをひとつずつ開いていく大きな手がしっとりと汗ばんだ胸を嬲る。胸全体を揉み込まれると、つきつきと快感が乳首に集中してきて落ち着かない。

もじもじと腰を揺らせば、誠司が腋《わき》に手を差し込んできて、煌をひょいと自分の膝に乗せた。そしてがら空きの胸にくちびるを押し当て、きゅっと尖りを甘嚙みしてくる。

「あぁ……っあ……！」

根元から生意気にぴんとそそり勃った乳首をれろれろと舐り回されて、どうしたって身体が揺れる。

「……っん……ぁ……」

「いい？」

「……いい……っあ、あ、もっと強く、嚙んで……っ」

一度点いてしまった火はそう簡単に消せない。

尖りの根元からじんじんと疼き、きゅうっと食まれるたびに下肢へと刺激が走り抜ける。

「煌くんのここ、すごく感じやすいみたいだ」

「んぁ、あ、だって……だって、誠司さんが、強く、吸うから……」

「感じる？」

「……ん……あ、あ、……感じる……」

吸いながら喋られると微弱な震えが伝わってきて、もどかしい。

もっとダイレクトな刺激がほしくて身悶えると、誠司の手がツツツと胸から下肢へと下りていく。

前がきつく突っ張ったスラックスのジッパーをじりっと引き下ろされ、ボクサーパンツの縁を押し下げられれば、ぶるっと鋭角にしなる性器が飛び出る。

「とろっとろだ」

「ん、や、いわない、で……っ」

先端からあふれ出る愛蜜を肉竿全体に塗りたくり、誠司の手によってぐしゅぐしゅと扱かれる。気持ちよさと羞恥で、いままでにないぐらい身体が熱い。

あっという間に高まりそうだが、自分からもなにかしたかった。ひとりだけ感じるなんてせつない。

「僕も……したい」

「煌くんが？」

「僕だけ感じるのは……やです」

「じゃ、一緒にしよう」

両手を摑まれ、誠司の下肢にあてがわれた。そこはもう熱情が硬く盛り上がり、誠司も感じているのだと知る。

震える指でベルトのバックルを外し、ジッパーを下ろしていく。ついでにボクサーパンツも。

ずっしりと脈打つものをじかに感じると、喉がからからに乾いていく。

「おっきい……」

「きみが触れてるから」

ぬめる先端を親指で擦り、もっと蜜をあふれさせたかった。ここまで来たら一緒にぐちゃぐちゃになりたい。

つたない愛撫だが、熱は込めた。強く反り返る太竿の根元から扱き上げ、くびれを指できゅっと締めつける。

「……こら」

誠司の息も浅かった。彼にしたよりも数倍濃厚な愛撫をほどこされ、いまにも達してしまいそうだ。

誠司が下肢の昂ぶりをぐうっと押しつけてきて、互いのそこをまとめて握り締める。擦れ合った裏筋がぴぃんと突っ張って、痛いぐらいに気持ちいい。

ぴったりと重なる肉竿をごしゅごしゅと擦られ、急速に頭の中が熱くなっていく。

「煌、くん」

「ん、んぁ、イきそ、イっちゃ……！」

スラックスのポケットからパイル地のハンカチを取り出した誠司が互いの先端にかぶせ、一層強く締めつけ、擦り上げてきた。

「あ、あ、あ、イく……！」

「ん……！」

同じタイミングでどくりと放つ。幹の根元からどくどくと噴き上がる愛蜜を止められなくて恥ずかしい。

「あっ……あぁ……っ……」

「煌くん……煌くん」

肩口に顔を埋めてくる誠司の声も嗄れている。

絶頂の余韻から抜けられず、息を荒らげながら誠司の胸に倒れ込んだ。とくとくと駆ける鼓動が彼の興奮を表していた。

放心する煌の代わりに、誠司がハンカチを使ってあちこちを拭う。

それからちゅっちゅっと煌の頬にキスをし、「立てる？」と言う。

「お互いに余計汗だくになっちゃったね。部屋に戻って一緒にシャワーを浴びよう」

「ん……」

「今夜は俺の部屋に泊まりなよ」

「でも……氷室さんが点呼に来たら……」

「大丈夫。俺が守ってあげる。離したくないんだ」

耳元で囁かれ、こくんと頷く。離れたくないのは自分も同じだった。

8

イブまでの約二週間は目が回るほど忙しかった。薔薇やマーガレットたちに命じられた雑事を片付け、放課後は誠司と空き教室でダンスの特訓に励んだ。

おかげで、ダンスはだいぶ上達した。つまずくこともなくなったし、ターンも綺麗にできるようになった。すべては誠司のおかげだ。

普段の彼は薔薇クラスの者らしく、品のある振る舞いと誰でも話しかけやすい親しみやすさを醸し、いつも大勢の生徒に囲まれていた。

ランチタイムの終わり際、教室の片隅で寮長の氷室とふたりでなにか相談し合っている場面に遭遇したこともある。

低い声でなにを話しているのか聞き取れなかったが、ふたりとも薔薇だからいろいろと課せられたものがあるのだろう。

氷室と誠司。容姿も性格もまったく正反対のふたりだが、並んで立っているとどことなく近しいものを感じることがあった。ともに責任ある薔薇だからだろうか。

そのことを玲一に告げると、「あー、確かに」と頷かれた。

ふたりはイブのパーティに着るタキシードを買い求めるために、学園内にある高級メンズブティックを訪れていた。

雑草クラスの煌は誰よりも目立たない地味なスーツでいいのだが、薔薇クラスともなると極上のタキシードを着る必要があるのだとか。

『僕のお供ってことでブティックについてきて。気を悪くしないでね』

『しないしない。玲一のお供は楽しいよ』

そんなことを言い合いながらブティックに入ると、男性店員が恭《うやうや》しく頭を下げる。

「いらっしゃいませ、周藤様。ご注文いただいたスーツ、仕上がっております」

「一応、試着してもいいですか?」

「もちろんです。こちらへどうぞ」

「じゃ、ちょっと着替えてくるね。煌、ソファに座って待ってて」

「わかった」

ふかふかしたコバルトブルーのソファに腰を下ろすと、すかさず別の店員が紅茶を運んできた。

「ごゆっくりどうぞ」

「ありがとうございます」

いい香りのするアールグレイティーを口に運び、店内を見回す。高級ブティックだけあって、並んでいる商品はどれも品がある。

しばし待っていると、試着室の扉が開いた。

「お待たせ、どう？」

現れたのは、黒の艶が美しいタキシードに身を包んだ玲一だ。見慣れた制服と違い、ぐんと大人っぽい。

「すごい、めちゃくちゃ似合ってる」

「ほんと？　よかった。丈もぴったりだ」

袖、裾と確かめた玲一は襟元《えりもと》をぴしりと正し、大きな鏡に向かって髪をかき上げる。そうすると綺麗な額があらわになって、清潔な色気が滲み出す。

「髪型、こんなふうにしようかなって」

「いいね。スーツと似合ってる。ダンスパートナーはもう決まってるの？」

「もちろん。和明さんだよ」

「やっぱり。訊くまでもなかった」

ふたりして顔を見合わせ、くすくすと笑う。

鏡の前で二度三度回ってスーツのラインを確かめている玲一が、「そういう煌はどうなの」と訊いてくる。

「やっぱり誠司さん？」

「……だと思うけど、どうかな。誠司さん、薔薇になってからすごい人気だから、僕の相手なんかしてる暇ないかも」

「そんなことないよ。誠司さんだったら真っ先にきみの手を取る」

自分のことのように胸を張る玲一に、照れ笑いした。

「そうだといいな」

「ね。せっかくのパーティなんだし、楽しもう。……あ、このスーツ、部屋まで届けてください」

「かしこまりました」

伝票にサインをした玲一が笑顔で振り返る。

「つき合ってくれてありがとう。お礼にカフェでもどう？」

「いいね。熱いココアが飲みたいな」

「ケーキも食べようよ」

店の外に出ると、十二月らしい冷たい風が吹きつけてくる。思わず首をすくめ、早足でカフェへと向かった。

寒風から逃げるようにふたりで暖かいカフェに駆け込み、空いていたソファ席に腰掛ける。すぐにウエイターがやってきて、メニューを渡してくれた。

「煌、なんにする？　僕はねー……チョコレートムースにしよっと。あとホットコーヒー」

「僕は、ショートケーキかな。それからココア」

「お待ちくださいませ」

ウエイターが下がった途端、テーブルに肘をつき、組んだ両手に顎を乗せる玲一が、「最近、誠司さんとはどう？」と楽しそうな顔をする。

「ちょっと前の話だけど、誰にも内緒で誠司さんの部屋に泊まったんだってね」

「え、なんで知ってるの」

「和明さんから聞いた。就寝点呼のときにどうやら誠司さんの部屋にきみもいるって気づいたけど、あえて見逃したって笑ってた。地下室にいるばかりじゃ気もふさぐだろうからって」

「……思ってた以上に氷室さん、やさしい」

「でしょ？　僕の自慢の彼氏だもん」

得意そうな顔の玲一に思わず声を上げて笑ってしまった。玲一のこういうところが好きだ。出会ったときからまったく変わっていない。裏表のない正直な友人は、煌の自慢でもある。

「誠司さんだってやさしいよ」

「だよね。誠司さんは最初からクラス関係なくやさしかったよね。いまは薔薇になって、彼を狙ってるひとも多いんだよ。でも、もう煌がいるしね」

「おおやけにしてるわけじゃないけどね」

「誠司さんがもしもアルファだったら、とっくに煌と運命の番になってるのにね」

そんな夢想なら何度も思い描いた。

彼がアルファならば、とうにうなじを噛んでもらっていた。

そうして、彼の子を宿すことを夢見るのだ。

だけど、彼はベータだ。どんなに身体を重ねても、彼の子をなすことはできない。

普通に恋人同士でいられるだけでも充分にしあわせなのだが、愛される喜びを知ったいま、煌は以前よりもすこしだけ欲深になっていた。

擬似的でもいい。誠司にうなじを噛んでもらおうか。それで運命の番になれるわけではないけれど、こころを守ることができる。

「玲一は、もううなじを噛んでもらった？」

美味しそうにチョコレートムースをぱくつく同級生に訊ねると、「まだ」と返ってくる。

「それはこの学園を無事に卒業するまで取っておこうってふたりで決めたんだ」

「でも、氷室さんにうなじを噛んでもらわないとほかのアルファにもきみのフェロモンが効いてしまうんじゃない？」

「確かにね。……うん、まあ、そうなるか。いまの僕、薔薇だし、そのうえ和明さんに骨まで愛されている喜びでフェロモンも出っぱなしかもしれないし。危ないかな」

「ちょっと危ないと思う」

「イブのパーティが終わったらうなじ、噛んでもらおうかな」

ほっそりした首筋を手のひらでさすり、玲一が呟く。

「パーティ前に噛んでもらいなよ。さっきのタキシード姿の玲一、めちゃくちゃ綺麗だったもん。皆寄ってくる。なにかあってからじゃ遅いよ」

「……ん、じゃあ、今夜お願いしてみる」

恥じらう玲一が可愛い。あの冷静沈着な氷室も、ころころと表情が変わる玲一に惚れ込んでいるのだろう。

「クリスマスパーティ、楽しみだね。その日は雑草クラスでも雑用を押しつけられないんでしょ？って和明さんが言ってたけど」

「だといいな。せめてイブぐらいは玲一や誠司さん、氷室さんたちとゆっくり過ごしたい」

「楽しみだね。あー、早くイブにならないかな」

「もうすぐだよ」

暖かいカフェの窓から見える空は鈍色で、いまにも雪が降ってきそうだった。

9

イブの日は朝から重たい雲が広がった。

パーティは夕方からだが、そわそわしすぎていつもどおり早起きし、熱いシャワーを浴びた。

地下室暮らしにも慣れた。陽の光が入ってこないのはこころもとないけれど、外に出てしまえば問題ない。それに、案外静かで落ち着くのだ。

もともと、華園理事長はこういうアクシデントに備えて地下室を造っていたのだろうか。十畳ほどの部屋にはベッドとテーブル、ソファにデスクとチェア、ミニキッチン、バスルームがあり、住むのに困ることはない。とりたてて古びているわけではなく、寝具類もかすみ草クラスのときとさほど変わらなかった。

地下室は、全部でみっつあった。

校則違反を侵した生徒を一時的に閉じ込める懲罰房のような役目を果たしているのか。いまは煌ひとりだけが地下室に住んでおり、ほかにひとはいない。

ここにこっそり誠司が訪ねてくることもあるので、日頃から綺麗にしておいた。

なにはともあれ、今夜はパーティだ。

シャワーを浴びたあと、冷えたミネラルウォーターを飲んだところで、妙な胃のむかつきを覚えた。寝起きでまだなにも食べてないのが悪いのだろうか。冷蔵庫を開けたものの。チーズやハム、バナナには食欲が湧かず、仕方なくぶどうゼリーを手にし、ソファに座る。

ひんやりしたゼリーをゆっくり食べている間も、かすかな吐き気がこみ上げてくる。どうしたのだろう。風邪でも引いたのだろうか。

せっかくのパーティなのに欠席だけはしたくない。ゼリーを半分ほど食べたところでもう一度水を飲み、残りを食べてベッドに寝転んだ。

つかの間、うたた寝をしていたようだ。

次に起きたときには昼前だったが、やはり食欲はない。

困ったなと思ったが、そろそろ身支度をする時間だ。ただスーツを着て髪を整えるぐらいだが、余裕を持って部屋を出たい。

もう一度シャワーを浴びたらすっきりした。

髪を乾かし、ワックスで整える。鏡の中の自分はいくぶんか青ざめて見えた。

ぶどうゼリーをもうひとつ食べ、グレイのスーツを身にまとう。普段の制服とは違って、すこしはまともに見えるだろうか。

早く誠司に会いたい。この二週間の成果を見せるために、張りきって踊りたい。

夕方四時頃にはイベントホールへと向かった。

生徒たちがすでに多く駆けつけていた。

シャンデリアがきらきら輝き、正装した生徒たちを輝かせている。

立食形式で、壁沿いにはさまざまな料理が並んでいた。美味しそうな料理にこころが浮き立つけれど、食欲はやっぱりなかった。かえって、胸のむかつきを覚える。

通りすがりのウエイターからシャンパンの入ったフルートグラスだけもらい、ひと口味わう。しゅわしゅわした炭酸を楽しみながら、ドレスやタキシード姿の生徒たちの間を練り歩き、誰もいない壁に寄りかかる。

そのうち、一段と華やかな集団がやってきた。

薔薇クラスのひとびとだ。

氷室を筆頭に、誠司や玲一の顔も見える。皆、胸に深紅の薔薇のブートニアやコサージュを飾り、端正な容姿を引き立てていた。

どの生徒も誠司たちに群がり、ダンスの相手になってもらおうと必死だ。

その輪に加われず、煌はひとり壁の花となっていた。派手な場面はあまり得意じゃないから、いっそこのまま誰とも踊らずにすんでもいいかもしれない。誠司と踊ったら、必要以上に目を引いてしまう。

『雑草クラスのくせに』

そう言われるのが怖かった。

もっとホールの奥のほうへと行こうとすると、「煌くん」とやわらかな声がかかった。

振り向けば、誠司だ。いつの間にかひとの輪を抜け出していたようだ。

「こんな隅っこにいてどうしたの」

「僕、雑草ですし」

「そんなの気にしない気にしない。それを飲んだら一緒に踊ろうよ。たくさん練習したんだし」

ほがらかな笑顔を見ていると、だんだんその気になってくる。

くっと喉を反らしてシャンパンを飲み干し、ちょうどやってきたウエイターのトレイに戻す。

それからひとつ深く息を吸い込み、誠司を見上げた。

「踊りませんか、王子様」

胸に手を当てた誠司が軽く一礼することにくすくす笑い、「喜んで」と返す。

差し出された手を摑み、ホールの中央へと歩いていく。一気に視線を集めたものの、誠司だけに集中しようとこころに決めた。

軽やかなワルツが流れだし、誠司のリードに任せてステップを踏む。練習した甲斐があって、身軽に踊ることができた。

しかし、ターンを決めたところで、胸のむかつきがぶり返し、血の気が引いて身体がふらつく。

そのことにいち早く気づいた誠司が「大丈夫？」と顔をのぞき込んできた。

「疲れたかな。それともさっきのシャンパンが回ったかな」

「そう、かも」

頭がくらくらする。ひといきれにあたったのかもしれない。

「どこかでやすもうか。それともいったんホールを出る？」

「出ます」

パーティは始まったばかりだ。熱気の立ち込めるホールから出た途端、我慢できずにトイレに走った。

「煌くん！」

慌てて誠司があとを追ってくる。

紳士用トイレの個室に急いで入り、ひとしきり吐いた。といっても、たいしたものを口にしていないから吐けるものはそうなかった。

胃の底がちりちりと熱い。真っ青な顔でよろよろと洗面台で口をすすぎ、ついでに顔を洗っていると、隣に立つ誠司が心配そうな顔を寄せてくる。

「どうしたんだろう。風邪かな。熱は？」

「ん……微熱、って感じです。今日一日ずっとこんな感じで、気持ち悪くて……。すみません、せっかくのパーティなのに」

「いや……」

誠司はなにやら考え込み、指折り数えている。

それからやけに真剣な顔で、「医務室に行こう」と言う。

「もしかしたら……」

「もしかしたら？」

訊ね返したが、誠司はくちびるを引き結び、煌の肩を抱き寄せ、学習棟にある医務室へと足を向けた。

「いまの時間、医務室の先生はもういないんじゃ……」

「だったらそのほうがいい」

なにがなんだかわからないが、この場は誠司に任せたほうがよさそうだ。単に吐き気止めをもらうだけかもしれないし。

ひっそりと静まりかえる学習棟の医務室の扉をノックしたが、返事はない。生徒たちの健康を管理する医師も、今夜はパーティに参加しているのだろう。

鍵のかかっていない扉を開け、暗い室内の明かりをぱちんと点ける。

蛍光灯で照らされた部屋の中、「とりあえずきみはベッドに座ってて」と言われた。

おとなしくベッドに腰掛けていると、誠司は棚をがさごそと探り、奥のほうから木製の小箱を取り出す。

「そこに薬でも入ってるんですか」

「いや……あ、あった」

長細いパッケージを手に、誠司が近づいてくる。

「煌くん、これを試してみてくれないか」

渡されたものに目を瞠った。

「妊娠、検査薬……？」

「気を悪くしないで、俺を信じてほしい。あの扉の向こうにトイレがあるから」

真剣すぎる表情に気圧《けお》され、「わかりました」と返し、パッケージを持ってトイレに入る。

検査薬の使い方は簡単だった。説明書に従ってテストし、まもなく出た結果に声を失った。

「嘘……」

検査薬には、妊娠しているとのサインが表示されていた。

「え、え、嘘、なんの冗談……」

「煌くん」

扉の外から声が聞こえてきて、はっと我に返った。

おそるおそる誠司のもとへと戻り、「あの……」と検査薬を見せた。

「……僕、妊娠、してるって」

「ほんとかい？」

驚いた顔の誠司が検査薬に目を凝らし、ついでぎゅっと煌を抱き締めてきた。

「誠司さん……嘘ですよね？　僕、あなたとしか関係を持ってないけど、誠司さんはベータで……」

検査薬をデスクに置き、ベッドに並んで座った誠司が両手を摑んでくる。

「どうか、これから言うことを信じてほしい。怒られるのは承知のうえだ。いままで黙っていたけれど……」

ごくりと息を呑み、誠司がまっすぐ顔を上げた。

「俺は、アルファなんだ」

「え……？」

「アルファなんだよ。ずっとベータだと偽っていてすまない。……きみと出会った瞬間に、運命の番だと感じたが、とある事情で言えなかった。でも、煌くんは俺の子を宿してくれたんだね。ほんとうにありがとう。どんなに礼を言っても足りないよ」

思いがけない告白に息するのも忘れた。

誠司がアルファ。ベータではなく、アルファ。

感情が追いつかないけれど、ただひとつの真実が胸に残る。

「あなたの子を……宿したんですか、僕」

「そうだよ。きみと俺の子だ」

「ほんとうに？」

「ああ、ほんとうだ。ちゃんとしたことは学園の外の病院に行って診《み》てもらったほうがいいだろうけれど、新しい命が――ここに宿っている」

平らかな腹にそっと手を当てて誠司が顔をほころばせる。

「こうなることをこころのどこかで期待していたよ。いつきみのうなじを噛んでしまうか、自制が利くかどうか俺も自信がなかった」

「あなたの子……」

まだ信じられない思いで腹に両手を当てる。胎動が伝わってくるのはまだ先だろうが、新しい命が芽生えていることを実感する。

突然降って湧いた幸運に、いまにも涙があふれそうだ。

愛してやまない誠司の子を宿せたのだ。

「よかった……あなたの子を産める身体で。僕、自分がオメガでよかったって、生まれて初めて感じてます。――そういえば、さっき言ってたとある事情って？　なんですか」

「それは」

顔を引き締めた誠司の肩越しに、ばたばたと走ってくる足音が聞こえてきた。

扉が派手に開き、見知った顔が駆け込んでくる。

氷室と玲一だ。

顔色を失った玲一を抱き寄せる氷室は煌たちと視線が合うなり、「ここにいたのか」とほっとしている。

「玲一の具合が悪いんだ。すこしやすませようと思って連れてきたんだが」

「玲一も？」

ぐったりしている玲一を見るなり、ぴんと来た。同じオメガだからこそ通じるものがある。

「誠司さん、さっきの検査薬、もうひとつありますか？」

煌の言葉に、誠司もすぐに察したようだ。無言で立ち上がり、小箱の中から検査薬を取り出し、玲一に歩み寄る。

「玲一くん、念のために試してほしいんだが、いいかな」

「誠司、それは――」

妊娠検査薬だとひと目でわかったのだろう。氷室が絶句している。つらそうな顔をしている玲一も大きく目を見開いていた。

「わかり、ました。皆、待ってて」

誠司から検査薬を受け取った玲一がトイレに姿を消す。

つかの間、室内は沈黙に包まれた。誰もなにも言わない。大事なことだから、安易に口にするわけにはいかない気がしたのだ。

数分後、上気した顔の玲一が「あの」とトイレから出てきた。誠司、煌、そして最後に氷室に視線を移した玲一が、声をかすれさせる。

「僕、……妊娠してるみたい」

玲一の薄い肩をぎゅっと摑む氷室はいままでになく真剣な表情だ。

「ほんとうか？」

「……うん、ほんと。ほら」

玲一が妊娠しているサインの出たスティックを見せるなり、氷室が強くかき抱く。

「ありがとう、玲一——ほんとうにありがとう」

華奢な身体を抱き締める氷室の声が震えている。彼のこんな声を聞くのは初めてだ。

一見とっつきにくい氷室は氷室なりに、真面目に玲一を愛しているのだ。

「和明さん、苦し」

玲一がぷはっと息を漏らす。

「あ、ああ、すまない。お腹の子は大丈夫か？　つらくないか？」

「気が早いよ、パパ」

恥じらう玲一が煌と視線を交わし、「もしかして——煌と誠司さんも？　誠司さん、ほんとうはベータじゃなくてアルファだったの？」と言う。

「うん。彼がアルファだと知ったのは僕もついさっきのことなんだけど、誠司さんの子を宿してるんだ」

「わ、そろってておめでただね。嬉しい」

無邪気にはしゃぐ玲一の頭の上で、誠司と氷室が話し合っている。

「どうする。いますぐ外の医者に診てもらったほうがいいと思うが」

「理事長が許すかどうか……いやでも、いまは葉月と玲一の身体が最優先だ。華園理事長はパーティ会場にいたよな。掛け合ってみよう。薔薇を剝奪されるかもしれないが」

「そのときはそのときだ」

言いきる誠司が頼もしい。身体をすり寄せると、腰をしっかり引き寄せられた。

そのときだった。唐突に扉が開き、華園理事長そのひとが部屋に入ってきた。艶やかなタキシード姿が威圧的だ。

「そろいもそろって薔薇の生徒たちが真っ青な顔でパーティを抜け出したと聞いてここに来てみたら――なにがあったんだ」

冷徹な声に身がすくむ。

簡単に「妊娠しました」とは言いがたい雰囲気だ。

「雑草までいるのか。何事だ」

じろりと睨《にら》み据えられ、無意識に誠司の背に隠れた。

雑草、と呼び捨てる声は無感動で、煌をひとりの人間と見なしていないように感じる。

「説明しろ。なにが起きた？」

恫喝《どうかつ》のようにも聞こえる声音に、氷室がぐっと声に詰まる。代わりに誠司が一歩歩み出た。

「——葉月煌くんと周藤玲一くんが妊娠しました。つきましては、外部の医者にいますぐ診せたいと思います。外出許可を願えますか」

「妊娠？」

声を尖らせた華園が煌と玲一を一瞥《いちべつ》する。穢らわしいものでも見るような目つきにぞっとした。

いまのひと言でわかった。

華園は薔薇——ひいてはアルファしか認めない人間だ。

「我が華園学園設立以来、生徒が在学中に妊娠したなんて醜聞は聞いたことがない。孕ませたのはきみたち薔薇か」

「そうです」

「俺たちの責任です」

誠司と氷室の声に、「……馬鹿が」と華園が呻く。

「こんなスキャンダル、表に出せるものか。貴様ら全員地下室行きだ。そこのオメガふたりは私の手配する医師によって即刻堕胎《だたい》を——」

「馬鹿言うな！　せっかく授かった命だぞ。堕胎なんてとんでもない案はよしてくれ」

「馬鹿なのはおまえたちだ。地下室で好きなだけほざけ」

ジャケットのポケットからスマートフォンを取り出した華園が、「教員を五人いますぐ医務室によこせ」と言う。

軟禁するつもりなのだろう。それも五人がかりで。教員が来てしまえば一巻の終りだ。

通話を終えた華園が不敵な笑みを漏らす。

「おまえたちには卒業まで地下室で過ごしてもらう。当然、薔薇の資格は剥奪だ。四人まとめて雑草行きだな」

「勝手なことを……！」

頭に血を上らせた誠司がだっと駆けだし、華園に思いきり体当たりを食らわせる。

まさか、優等生である誠司が力に訴えるとは思っていなかったのだろう。華園が驚いた顔でよろめいた隙に、「逃げろ！」と誠司が怒鳴った。

「俺が理事長を押さえる。和明は煌くんと玲一くんを頼む」

「でも兄さん……！」

呻いた氷室に、はっとなって耳をそばだてた。

しかし、いま落ち着いて話を聞ける状況ではない。

「和明、玲一くんと煌くんのことは任せた。早く逃げろ！」

「くそ、離せ！」

思ってもみない反撃に暴れる華園を全身で押さえ込む誠司にはらはらして、一歩も動けない。

背後から肩を摑まれ、氷室が「行こう」と力強く言った。

「ここは誠司に任せるんだ。行くぞ！」

「……はい！」

「おい待て！　待てと言ってるだろう！　くそっ」

もがく華園と格闘する誠司の横をすり抜け、全力で医務室を駆け出た。

学園の敷地は広い。どこから脱出するのかいぶかしんだが、玲一の肩を抱いた氷室が「あっちだ」と中庭の森の奥を指さす。

「あそこに裏門がある。鉄柵でできてるから乗り越えられるはずだ。葉月、行けそうか？」

「行きます。でも、誠司さんが……」

枯れた緑の匂いが漂う中、三人ぶんの足音が響く。

走りながらも肩越しに振り返る。誠司だけ捕まったらどうしよう。地下室に押し込められていたらどうしよう。

そのことを考えると走る足も鈍る。氷室が煌の異変に気づいたらしく、「誠司なら大丈夫だ」と息を切らしながら言う。

「すぐ来る。あいつなら絶対来る」

「氷室さん……」

さっき、彼は口走っていた。誠司のことを『兄さん』と。

どういうことなのか。頭の中に疑問符がいくつも浮かび上がってぐるぐるしている。

やがて、学生寮の明かりも届かないうっそうと茂った森の奥へと分け入り、氷室の言う鉄柵の門が見えてきた。

「正門と違って、非常時に使うものなんだろう。錆《さ》びついてないといいが」

門に手をかけた氷室ががしゃがしゃと揺らし、一向に開かないことに焦《じ》れている。目を凝らすと、扉の取っ手に鎖が巻きつけられ、おまけに頑丈な錠前までついていた。

「だめです、氷室さん。鍵がかかってます」

「だったら乗り越えるしかない。まずは玲一、おまえからだ。俺が押し上げるから気をつけて向こうに飛び降りろ」

「う、うん、わかった」

ここに来て、玲一も腹をくくったらしい。鉄柵を摑むと飛び上がり、すかさず氷室が両手で靴底を押し上げる。華奢な身体が月明かりに浮かび上がった。迷いなくひらりと向こう側に着地した玲一が、「大丈夫、下りられたよ」と柵越しに叫んだ。

「次は葉月、おまえだ」

「でも、誠司さんがまだ」

「俺を信じろ、葉月。誠司はかならず来るから」

強い言葉がまっすぐ胸に突き刺さる。

「……わかりました。行きます」

息を吸い込み、鉄柵を摑む。みぞおちに力を込めて一気に飛び上がった。先ほどと同じように、素早く氷室がサポートしてくれる。おかげで難なく門を乗り越えることができた。命が宿る身体をかばいながら外側に着地すると、玲一が抱きついてくる。

「煌……！　よかった。あとは和明さんと誠司さんだね。和明さん、誠司さんはまだ？」

声に焦りが滲んでいる。氷室が何度も背後を振り返った。

いまかいまかと待ち構えているのだろう。

だが、なにも聞こえない。

もう、だめなのか。誠司は華園たちに捕まってしまったのか。

目の前が真っ暗になる。鉄柵を握り締め、ずるずるとしゃがみ込むと、隣に玲一が寄り添い、「誠司さんを信じよう」と真顔で言う。

「和明さんが絶対に来るって言ったんだ。大丈夫、すぐに来る」

「でも――」

絶望感に囚《とら》われているさなか、落ち葉を蹴散らして駆けてくる音が遠くから聞こえてきた。思わず立ち上がると、薄闇の中、誠司が一目散に走ってくる。ジャケットはよれ、胸元の薔薇も無残に引きちぎられている。

「誠司さん！」

「煌くん、間に合ったか。いまそっちに行く。和明、おまえが先に行け」

「わかった」

氷室が鉄柵に飛びつき、華麗な仕草で乗り越えた。とん、と外側に下りるなり、玲一が飛びつく。

「和明さん……！」

「安心するのはまだ早い。誠司、来られるか？」

「行く」

氷室と同じように鉄柵を楽々飛び越えた誠司が目の前に着地する。その姿にどっと安堵感《あんどかん》が押し寄せてきて、いまにも崩れ落ちそうだ。

よく見れば口元が切れて血が滲み、頬にも殴られた痕《あと》があり、胸が苦しい。

「逃げよう。とにかくここから離れるんだ。煌くん、おぶってあげる」

力の入らない煌に、誠司が背中を向けてしゃがみ込む。隣で氷室も玲一をおぶっていた。逞しい背中にすがりつくと、すっくと立ち上がった誠司が走りだす。

夜陰にまぎれ、四人は駆け足で華園学園をあとにした。

10

落ち着いたのは数時間後のことだった。

学園から逃げ出した煌たちは表通りを目指したものの、郊外だけにタクシーはおろか、乗用車もろくに走っていなかった。

このままではいつ華園たちの追っ手に捕まるか。

そう危ぶんだときに、偶然にも空車の表示を出したタクシーが通りがかり、全員で思いきり手を上げた。

そこから先は氷室が仕切った。彼だけが不幸中の幸いでクレジットカードの入った生徒手帳を所持していたので、都心に向けて走り、まぶしい明かりが煌めくラグジュアリーホテルの前で停めてもらった。

氷室はバスルームとトイレがふたつ、キングサイズのベッドが二台用意されているスイートルームを押さえ、誠司や煌たちを連れて部屋にこもった。

四人それぞれが熱いシャワーを浴び、すっきりしたところでふかふかのバスローブをまとってリビングに集う。

ヨーロピアンの調度品でまとめられた室内は落ち着いていて品がある。数か月ぶりに外の世界の空気を吸い、冷蔵庫で冷えていたジンジャーエールで乾杯した。

「っはー……どきどきした……ほんとに捕まるんじゃないかと思った」

ジンジャーエールに口をつける玲一がしみじみと言う。ソファの上で膝を抱え、丸くなっている。学園からかなり離れたこのホテルなら、さすがに華園たちも追ってこないだろう。

「僕たちのせいで、おふたりを巻き込んじゃいましたね。すみません……薔薇だったのに」

「いいんだよ、あんなもの。そりゃ入学したての頃は薔薇クラスに上がることを夢見ていたけれど、それと引き換えのように煌くんが雑草クラスに落とされたのがショックだった。華園学園にとっては、一部のすぐれた人間だけを欲していたんだろうな」

誠司がゆっくりと言葉を選びながら話す。

「理事長が欲していたのって、きっとアルファだけだよね。僕たちオメガはアルファを引き立てる添え物ってだけの話で」

「でも、おまえたちがいたから、俺たちは運命の番と出会えた。俺も、誠司兄さんも」

「誠司兄さんって……おふたりは兄弟なんですか?」

煌のかすれた言葉に、誠司と氷室が視線を交わす。

「ここまで来て黙っておくことはできないね。すべてを話そう、和明」

「……兄さんがそう言うなら」

誠司の提案に、氷室が頷く。その顔がすこしだけ幼く見えた。

「俺と和明は――兄弟なんだ」

「え……ほんとうに？」

「嘘、だってぜんぜん似てない」

玲一とそろって絶句した。

「母親が違うからね。俺は母の血を強く引いて、和明は父の血を強く引いた。父親は名の知れた大物政治家で、俺の母は長年の愛人だった。俺が幼い頃に亡くなったんだけどね。そして、和明は正妻の子。嫡子だね。いずれ和明は父の跡を継いで政界に打って出る身だ。そんな父にも、和明にも俺は迷惑をかけられない。だから幼い頃から俺はベータだと偽ってきた。アルファの和明を引き立てるためにも」

「華園学園にふたりそろって入学するのを勧めたのは、俺の母なんだ。華園学園もどこから嗅《か》ぎつけたのか、俺と誠司に入学招待状を送ってきたし。単なる偶然かもしれないけどな」

氷室がオットマンに長々と足を伸ばし、髪をかき上げる。すこし前の焦れた表情とは打って変わり、もういつもどおり余裕たっぷりだ。

「俺と誠司は幼い頃から交流があった。父もひとでなしではないから、自分が産ませた子どもを無理に引き離すことはしなかったんだ。べつべつには暮らしていたけれど」

「だが、現職の政治家に愛人がいたことが世間にばれたら大ダメージを食らう。だから、俺は母の名を、和明は父の名を使っていた。幸いなことに、それぞれ母が違うから容姿がまったく似てなくて、どっちかがぼろを出さないかぎりばれないと思ったんだ」

「俺は誠司が先にばれると思ってた」

「そうか？　おまえ、さっきとっさに『兄さん』って言ってただろ」

笑う誠司に、氷室は決まり悪そうにグラスを揺らす。

「そんなわけで、俺たちはふたりとも華園学園に入学した。父の威光が効いたせいか、和明は最初から薔薇クラスで、俺は次点のマーガレット。……差別に満ちた学園だったけど、きみたちと出会えたのは僥倖《ぎょうこう》だったよ」

「そうだったんですね……」

放心したように呟けば、誠司がすまなそうな顔をする。

「いままで黙っててごめん。入学する際に、父から、俺たちの関係は周囲に伏せておくようにと言われていたから」

「でも僕、和明さんや誠司さんが普通のアルファじゃないってことは勘づいていたよ」

どことなく得意げな玲一に、氷室がくすりと笑う。

「玲一は妙なところで勘がいいからな。どのみち、いつかは明かそうと思っていたことだ。華園学園を追い出されたいまになって言うことじゃないが」

氷室と誠司。見た目はどこも似てないけれど、よくよく見れば男らしいまなざしに共通するものがある。

「話してくださって、ありがとうございます。いまさらだけど、誠司さん、……お腹の子、産んでもいいですか」

「もちろん。全力できみを守り抜くよ」

「俺だって玲一を守る」

張り合う氷室は弟気質だなと思うと微笑ましい。

話を終えたところで、玲一がちいさくあくびをする。

「なんだかほっとしたら眠くなってきちゃった……」

「そうだな。いろいろあったから」

「今夜はもう寝るか」

玲一につられて煌もあくびをする。目尻に溜まった涙を誠司が可笑しそうに人差し指で拭ってくれた。

「ベッドルームはふたつある。それぞれおとなしく寝るように」

氷室の言葉に、誠司も、煌も、玲一も笑った。

「はい、寮長」

離れたところで扉の閉まる音がする。それを聞いた誠司がうしろ手にベッドルームの扉を閉め、煌と手を繋いでベッドに腰掛けた。

「驚いただろう。たくさんの出来事が起きて」

「はい。いまだに誠司さんと氷室さんが兄弟だったって事実にびっくりしてますけど、なにより……この子の存在かな」

腹に手を当ててると、誠司の大きな手が上から重なる。

「俺たちの宝物だね。大切に育てていこう」

「これからどうしますか？　僕たち皆学園を追い出されてしまったけれど」

「安心して。外に出られた以上、俺と和明がなんとかするから」

やさしい声に、「うん」と頷く。

せっかく授かった命だ。誠司と一緒に守っていきたい。

逃げ出したばかりの華園学園での日々が鮮やかによみがえる。レベルが高かった授業、喫茶部での学び。いろいろあったが、けっして無駄にはならないはずだ。

かすみ草から雑草に落ちたときはつらかったけれど、誠司や玲一、氷室がいたから乗り越えられた。

「あの学園、不思議な場所でしたね。薔薇やマーガレット、かすみ草に雑草と格差があって、華園理事長はなにを目指していたんでしょうか」

問いかけると、誠司が考え込む。

「……生徒を競わせて、ひと握りの天才を輩出したかったんじゃないかな。あくまでも予想だけどね。招待状が届いたときは素直に嬉しかった。でも、いざ入学してみたら厳しい格差社会があって、息苦しかったよ」

「そうですね……。でも僕、あなたに出会えてよかった」

「俺もだよ。——愛してる」

あらためて告白されて、顔が熱くなる。いままで何度も身体を重ねてきたけれど、愛の言葉は初めてだ。

「僕も愛してます。あなただけをずっと」

顎を持ち上げられて、くちびるを甘く吸い取られる。それから誠司が笑いかけてきた。

「お腹の子がいるから、続きはまた今度」

「ですね」

煌も笑い、誠司とともにベッドに横たわる。ふかふかの羽毛布団を顎まで引き上げて、しっかりと手を繋いだ。

11

またたく間に時は流れ、二年の月日が経った。

煌と玲一は昨年待望の第一子を産み、立ち会った誠司と氷室を泣かせた。

この二年間、多くの出来事があった。

氷室と誠司の説得により、煌と玲一は彼らの両親に会った。

オメガなのだし、華園学園中退ということもあって、けんもほろろな態度を取られるかと危ぶんだが、案に相違して、熱烈な歓待を受けた。

『和明も誠司も、素敵なパートナーに出会えたんだな。それだけでもあの学園に行った価値はある』

誠司たちの父親がそう言えば、和明の母も涙ぐんでいた。

『あの学園は名門校と名高かったけれど、中でなにが起きているかわからないとの噂だったから、逃げ出してきて正解だったのよ。煌さん、玲一さん、私たちの息子をどうぞよろしくお願いします』

楚々《そそ》とした着物姿の義母に深々と頭を下げられ、煌も玲一も慌てたが、誠司と和明はそれぞれのパートナーの肩を抱き、『温かい家庭を作るよ』と宣言した。

誠司と煌の子は、渚《なぎさ》。

氷室と玲一の子は結《ゆい》。

ともに元気な男子だ。

婚姻届も提出し、晴れて家族となった誠司と煌は都心のマンションに越してきた。隣には氷室たちが住んでいる。

同じ月齢の子がいるだけに、家族ぐるみのつき合いとなった。

一歳になったばかりの渚と結はまだうまく喋れないけれど、つねに一緒に遊びたがり、お昼寝するタイミングも同じだった。

誠司はいま、本来あった知識を生かして、清澄白河にアンティークショップを構えている。そろえた品々はどれもコンディションがよく、めずらしい品物も置いているので、噂を聞きつけた好事家《こうずか》が遠くからわざわざ足を運ぶ人気店だ。

ショップは広い間取りで、いずれ渚を保育園に預けられる年齢になったら、煌がカフェを開けるように誠司は計らってくれた。

そこに集うのは、第二性の違いは問わず、ほっとするひとときを求める者たちだろう。なにより、誠司の穏やかな笑顔がそのことを保証してくれている。

氷室は父の跡を継ぐべく、別の大学院に入り、勉学にいそしんでいる。

秋も深まる頃、煌の部屋で渚と結の遊び相手をしていた玲一が思わぬことを口にした。

「ねえ煌、この週末、誠司さんとふたりで旅行でもしておいでよ。いつもこの子たちの世話に追われてやすむ暇もないでしょ？　渚は僕が預かるから」

「え、でも」

「だーいじょうぶ。渚と結、仲よしだし。和明さんにも懐いてるから心配しないで。それにほら、じゃーん！」

玲一がうしろに隠していた手を突き出してくる。

「芦ノ湖《あしのこ》の湖畔にあるリゾートホテルの宿泊券。和明さんがどうぞって」

「用意がいい……」

「でしょでしょ？　存分に新婚気分を楽しんできて。僕たち、新婚旅行もできないほどバタバタだったしね」

「ありがとう、玲一」

「気にしないで。煌たちが帰ってきたら、僕らが旅行するから。そのときは、結を任せてもいい？」

「もちろん」

誠司とふたりきりになれるなんて、久しぶりすぎてこころが浮き立つ。

仕事から帰ってきた誠司にそのことを話すと、顔をほころばせていた。

「玲一くんには面倒をかけるけど、俺たちもお返しするから、お言葉に甘えようか」

「はい」

誠司が快諾してくれたことで、早速、週末に誠司の運転する車で芦ノ湖へと向かった。途中、小田原の街をぶらぶらし、買い食いなんかもして存分に楽しんだ。

天気は上々、最高の旅日和だ。

氷室が押さえてくれたリゾートホテルは全室湖面に面しており、窓からは静かにたゆたう芦ノ湖が見えた。

「はぁ……ふたりっきりかぁ……」

シャワーで汗を流したあと、ふかふかのバスローブに身を包み、スイートルームのベッドに寝そべれば、近づいてきた誠司が可笑しそうに笑う。

「渚がいないとやっぱり寂しいね」

「ん……」

渚のもちもちしたほっぺや手足が恋しい。生まれてからこのかた、ひとときも目を離さなかった我が子だ。

「俺もちょっとどきどきしてる。わかる?」

覆い被さってくる誠司が煌の手を取って自分の胸にあてがう。とくとくと駆ける鼓動が伝わってきて、煌の胸も逸る。

渚を産んでからというもの、ふたりきりの時間はほぼなかった。自宅で過ごしているときは誠司も煌もよきパパの顔を保っていたし、隣に住む玲一たちも似たようなものだ。

つねに子どもが中心の生活。

だからこそ、いま、誠司がひとりの男としてどれだけ魅力を放っているか、まざまざとわかる。

「誠司さん……」

上擦った声が自分でも恥ずかしい。だけど、言わずにはいられなかった。

「いつもより……めちゃくちゃにして。僕をあなただけのものにして」

誠司がぐっと息を呑むのがわかった。

煌はあまり性欲が強いほうではなかったので、こうした直接的な誘い方は初めてだったのだ。

「手加減はできないけど、いい？」

「いい。あなたになにをされてもいい」

情欲を滲ませた呟きを耳にするなり、誠司がくちびるをむさぼってくる。嚙みつくようなキスは久しぶりだ。舌をきつく搦め捕られてあっという間に夢見心地になる。

「ん……ふ……」

じゅるりと舌を吸い上げられ、腰裏がじんじんと疼く。いつも誠司はやさしく愛撫してくれたけれど、今夜は違うようだ。互いに独身に戻った気がして、浅ましいほどに求めてしまう。

口内を蹂躙する舌は存分にあちこちを舐り、歯列を丁寧になぞっていく。煌が呻き声を上げれば、ますます舌が深く絡みついてくる。

気持ちよくて気持ちよくて、どうにかなりそうだ。

もっと強引に奪ってほしい。

めちゃくちゃに壊してほしい。

かすれる声でそう訴えれば、誠司は「参ったな」と苦笑する。

「ほんとうにきみを壊してしまいそうだ。……どこもかしこも甘くて、やわらかくて、だけど骨がある」

つうっと舌がくちびるの脇から首筋へと下りていき、鎖骨《さこつ》の深い溝をなぞる。くすぐったいと思うと同時に、そんなところまで感じるのかと自分でも新鮮だ。

「誠司さんに抱かれると……いろんなところが感じちゃう」

「ほんとうに？　だったらよかった」

鎖骨をちろちろと舐める舌はどんどん下りていき、バスローブの前をはだけ、ぷつんと尖る乳首へと辿り着くとちゅうっと吸い上げる。

そこは煌の弱いところだ。以前から誠司は胸の尖りに執着し、いまやそこを吸われないと収まらない身体になってしまった。

「ここ、気持ちいい？」

「ん……いい、すごく気持ちいい……」

「だったら言って。もっと吸って、噛んでっておねだりして」

いつになく誠司も大胆だ。

尖りをつま弾きながら言わないでほしい。軽くぴんと弾かれると、のけ反ってしまうほどの快感に襲われる。

「ほら、言ってごらん。煌の好きなやり方でしてあげるから」

「んっ、あ、っあ、……いじわ、る……！」

「言わないとこのままだぞ」

いたずらっぽく言われ、下くちびるを噛む。

はしたない言葉を言わせたいのだ、誠司は。

だけど、いまはふたりきり。

どんなに乱れても誠司は受け止めてくれる気がする。

「な、……めて」

「どこを？」

「ぼ、ぼくの……ちくび、舐めて……」

「こんなふうに？」

ぷっくりとふくらんだ肉芽をぺろりと舐められるだけでは収まらない。

この身体は誠司が開発したのだ。

「ん、んぁ、……っ噛んで……いい、から……！」

悲鳴のようなあえぎと同時に、きゅっと乳首を噛まれ、叫んでしまいそうな快楽に呑み込まれた。

こりこりと噛み転がされ、ときおり、じゅっ、じゅっ、と強く吸われる。それがたまらなく気持ちいいから、彼の髪をぐしゃぐしゃにかき回し、無意識に引き寄せていた。

「こんなに赤く熟《う》れて……エッチだな、俺の恋人は」

「んー……っ、吸いながら、喋るの、だめ……だめ、いい……」

「ふふ、どっち？」

「う、うん……っああ……いいよぉ……っもっと、吸って……噛んで、噛んで、噛みまくって……！」

ここまで言ってしまうのも、誠司のせいだ。

乳首だけではなく、腋の下や二の腕、肩まで愛咬《あいこう》の痕がつき、悶え狂った。きつく吸われたりもして、心地好さに溺れていく。

臍を舌先でくにくにと舐められるのもよかった。敏感な場所だ。やわやわとした愛撫がいい。

そのまま舌は下りていって、頭をもたげる性器に辿り着く。

「下着、穿《は》かなかったの？」

くすくす笑う誠司に頬が熱くなる。

「だって、誠司さんにすぐ抱いてほしかったから……」

「男冥利《みようり》に尽きるな」

性器をべろりと根元から舐め上げられ、ぞくぞくするほどの悦楽が這い上がってくる。

蜜が詰まるふくらみをつんつんと指でつつかれ、いまにも弾けてしまいそうだ。

耐え忍んでいるのがわかったのだろう。

「今日はすこし我慢して。もっともっと気持ちよくしてあげるから」

根元をきゅっと指で締めつけられ、ああ、とあえぎを漏らした。

くびれに向かって扱き上げられ、狂おしいほどに感じる。

先端の割れ目からとろとろと愛蜜があふれ出すのも、すべて誠司が舐め取り、ちゅっちゅっとくちづけを落としていく。

もっとも感じたのは、割れ目を広げられ、ちゅうちゅうと吸い取られたことだ。過敏な粘膜を舌先でほじられると、えも言われぬ快感が忍び上がってくる。

「あ……あ……ん……」

身体を弓なりにしならせ、両足の間に顔を埋める男の頭を摑んだ。ずっぽりと咥え込まれたうえにぐちゅぐちゅと口内で亀頭を舐り回され、ずっとイきっぱなしの状態に陥った。

射精しなくても達することができるのだと教えてくれたのは、間違いなく誠司だ。

双球を交互に舐め転がされながら肉茎を扱かれることで、とうとう煌はしゃくり上げた。

「イく……イっちゃう、出ちゃう……！」

「全部飲んであげる」

「んー……っあぁっ、あ、あ！」

身体を強く跳ねさせ、誠司の熱い口の中に放つ。

びゅくびゅくととどまることを知らない精液をすべて飲み干した誠司は、そのまま煌の両足を左右に大きく割り広げ、窄まりに舌を伸ばしてきた。

何度彼を受け入れても窮屈なそこは、舌で甘く蕩かされ、指先でくるくるなぞられるとようやく開き始める。

指を一本呑み込まされ、上側を擦られることで勝手に腰が揺れてしまう。

「やっぱりここがいいんだ」

楽しそうに言って、誠司が隘路を広げていく。

二本、三本と指が増えていって、蕩けた肉襞が絡みついていく。指だけでこんなに感じてしまうなら、誠司自身が挿ってきたとき、どうなるのだろう。

「もう、とろとろだ」

誠司もバスローブをはだけ、逞しく隆起した雄を見せつけてくる、それを目にした途端、喉の奥が低く鳴った。

湿った窄まりに切っ先をあてがい、誠司が「いい？」と訊ねてくる。

「ん……いい、来て……あ、あぁっ……！」

正面から強くねじ込んできた誠司の背中にしがみつき、衝撃に耐えた。

もう何度も身体を重ねているが、この体位は初めてだ。たとえオメガといえ、煌だって男だ。同性同士の交わりは背後から受け入れたほうがつらくないのだが、今日は互いに顔が見たかった。

誠司が快感に落ちていく顔が見たい。自分だけではなく、彼が絶頂に導かれる顔が見たい。

ずりゅっと腰をひねって挿し込んでくる猛りに身悶え、奥のほうできつく締め上げた。

「く……っ」

誠司が苦しげに息を切らす。煌も同じ気分だった。あまりの気持ちよさに振り回され、息を吸い込むたびに締めたり、ゆるめたりを繰り返す。

じゅぽじゅぽと抜き挿しを繰り返し、最奥に亀頭を擦りつけてくる誠司が愛おしい。早く一緒に達したくて、だけどももっと味わいたくて。

くちびるをふさがれ、舌を絡められることで、もうどこにも出口はなくなってしまう。

「ん、んっ、んー……っく……っ」

突き刺さった男根が中で雄々しくふくらむ。思いきり揺さぶられ、煌は身体をくねらせた。

もう、我慢できない。

達することしか考えられない。

「く……っイく……きちゃう……っ」

「ああ、俺も」

煌の頭をかき抱いた誠司が低く呟き、激しく突き込んでくる。

ずちゅずちゅと音が脳内に響き渡り、喉を反らすのと同時に壮絶な絶頂感に放り込まれた。

「あぁ……っあ、あ、あ……！」

「煌……っ」

喉元に嚙みつかれ、射精感が一層強くなる。

意識は極彩色に染まり、目もくらむほどの快感にどっと汗が噴き出した。

「煌……煌……」

奥をめがけて撃ち込んでくる誠司がうわごとのように呟き、余韻を味わうかのようにゆったりと腰を揺らめかす。

息を荒らげながらも互いにくちづけ、視線を絡め合った。

「……どうにかなりそうだった……」

「俺はとっくにどうにかなってた」

くすくす笑う誠司に抱きつき、「ね」と肩口に顔を押しつける。

「……うなじ、嚙んでもらえますか？」

「いいの？　嚙んだら、きみはもう一生俺のものだよ」

「いい……誠司さんだったら生涯をともにしたい」

そう囁くと、くるりと身体をひっくり返され、うなじにかかる髪をかき上げられる。

むき出しになったそこに、熱い息がかかった。

「煌」

ぎりっと歯が食い込んできて、視界がちかちかとまばゆく明滅する。いったんは収まっていた情欲がまたぶり返してきて、枕をかきむしった。

「……また、誠司さんがほしい……」

「きみも？　俺も煌がほしい」

再び力を取り戻した太竿がずぶずぶと突き込んでくる。

どこまでいっても、快感に飢《う》えた欲情が襲ってくるようだ。

「こんな身体にした責任……、取ってくださいね」

「喜んで」

動きだした誠司に再び溺れていく。

深みへ落ちていくような快感が、すぐそこまで迫っていた。

終章

きらきらと輝く大きな星をてっぺんに飾れば、立派なクリスマスツリーのできあがりだ。

「当日はサンタさん役、よろしくお願いしますね」

「任せて。渚が起きたらツリーの下にたくさんの贈り物を用意しておくよ。結くんのぶんもね」

笑顔で受け合う誠司が届いたばかりの宅配箱から赤い衣装を取り出す。サンタ帽や白いつけ髭までついていて、一式を身に着ければ立派なサンタクロースだ。

幼い頃からたくさんの想い出を作ってやりたい。

氷室たちと話し合ったうえで、今年のクリスマスはふた家族、一緒に過ごすことにした。

クリスマスといえば華園学園を思い出さないわけにはいかない。

あの学園は、いまでも厳格な差別社会を築いているのだろう。それをよしとする生徒もいれば、煌や誠司たちのように逃げ出した者もいると聞いている。

華美に着飾るクリスマスは、もう色褪せた想い出の中だ。

いまは、家族で過ごす穏やかな日にしたい。

きっと、いつか、渚が大きくなったら、自分たちのなれそめを教えてあげようと思う。

そして、愛し合う者には障壁などないのだと言えたら。

なんの疑いもなくすうすうと眠る幼子の寝顔を誠司とともに見守り、互いに微笑んだ。

「愛してるよ、煌」

「僕も――ずっとずっと、あなたと渚を愛してます」

それから、眠る我が子の上で甘いくちづけを交わした。

明日は待ち望んだクリスマス。

真っ白な雪が輝く日になるだろう。


薔薇。高貴に咲き誇り、優美な姿を見せてくれる最上級の花。

マーガレット。可憐で、誰にも愛されるやさしい姿。

そして、かすみ草は色とりどりの花たちにそっと寄り添う、やわらかな花だ。

恋は溺れるままに

1

○月×日

ついに憧れの華園《はなぞの》学園に入学することができた。というわけで、今日からこの日記をつけていこうと思う。

華園学園はこの国に住むひとなら誰しもがその名を知る名門校だ。入学試験はなく、アルファ、ベータ、オメガのなかからよりすぐれた者だけに特別な招待状が送られてくることで入れる学園だけに、憧れるひとはほんとうに多い。

将来は腕のいいハウスキーパーを目指している僕に、まさか華園学園から招待状が届くなんて思いもしなかった。だって、あの学園は桃源郷《とうげんきょう》のような存在。オメガとして生まれてきて、すこしばかり他人より容姿のいい僕なんか絶対にお誘いなんかないと思っていたから、薔薇の封蠟がほどこされた招待状をアパートのポストに見つけたときは、思わず三度見したぐらいだ。

周藤玲一《すどうれいいち》、二十一歳。僕は至って健康なオメガ男子だ。

三か月ごとにきちんと発情し、そのたびにかかりつけの病院からもらう抑制剤で我慢している。過去に二度ほど、どうしても欲情に耐えきれず、その種のひとびとが集うクラブに赴き、用心に用心を重ねてアルファ男子と関係を持ったけれど、運命を感じることはなかったし、妊娠することもなかった。

この広い世界のどこかに、たったひとり僕だけを愛してくれる運命のひとがいるんだろうか。ほんとうにいるなら、いますぐ出会いたい。そして、熱い恋に落ちて、身体を重ねて……うなじを噛んでもらう。よりよいハウスキーパーになりたいと思うのと同時に、この憧れはいつまで経っても捨てられない。

華園学園には、ほかの生徒よりも一週間前に入ることになっている。ハウスキーパーの腕を認められて、学園生活をともにする生徒たちの部屋を清掃する役目を仰せつかったのだ。

いいように使われているなと思うひともいるだろうけれど、僕は違う。誰より先に学園内に入って、情報収集がしたい。

これから、新しい一年が始まる。

この話の続きはまた今度。

○月×日

出会ってしまった。

運命の番に出会ってしまった。これを書いているいまも、手に汗が滲んでいる。華園学園に入学して間もなく出会ったアルファ――氷室和明《ひむろかずあき》さんと目が合った途端、身体中に電流が走り抜けるような錯覚が起こった。

出会った場所は、彼の部屋。ちょうど掃除を終えた僕のところに、入学したての和明さんがキャリーケースを引きながら入ってくるなり、視線が強く絡み合った。

僕と目が合うなり、和明さんは口をぽかんと開けて、「――まさか」と低く呟いた。そしてつかつかと僕に歩み寄り、肩を強く摑んできた。

「おまえ……名前は？」

「……周藤、玲一です」

「オメガだろう」

「そうです」

そう言う間も、どうしたって互いに目が離せず、僕たちは部屋の真ん中に立ち尽くしていた。摑まれた肩から伝わる彼の体温、力の強さ。そしてほのかな体香。柑橘《かんきつ》系のコロンを薄く感じ取り、胸が狂おしくなる。

「おまえが、運命の番か」

和明さんの声はかすれていた。僕だってそうだ。彼の熱っぽい視線を受け止めるのに必死で、どうかすると身体がふらつきそうだった。抱きつきたい衝動をぐっと堪え、握り拳を作っていた。

アルファらしく、怖いほどに整った顔立ちの和明さんのまなざしは鋭かった。まるで、その視線ひとつで僕を裸にしてしまうような。高い鼻梁《びりょう》も薄めのくちびるもすべてが完璧なバランスだった。圧倒的な王者の風格を醸していて、オメガじゃなくてもひれ伏しそうだ。

その彼が大きく両腕を広げ、僕をぎゅっと抱き締めた。

声も、出なかった。

広い胸にすっぽりと収まり、とくとくと跳ねる彼の鼓動を耳にするたび、嬉しさがこみ上げてくる。

僕の――僕だけの勘違いじゃなかったんだ。

「運命の出会いって……ほんとうにあるんですね」

「ああ。ずっと探していたが、玲一、おまえがそうなんだな」

名前を呼ばれて、胸がどくんと弾む。

恋に落ちて、なんて考えていたけれど、甘かった。

こんなの、恋が仕掛けた罠《わな》に真っ逆さまだ。

僕のおとがいをつまんだ和明さんがそっとくちづけてきた。

まさかこんなにも早くキスされるなんて思わなかったから、僕は瞼を閉じる暇もなかった。だけどそのぶん、和明さんの冴《さ》え冴《ざ》えとした美貌を間近で見られた。

なんて綺麗な顔をしているんだろう。男らしさと美しさを兼ね備えたひとで、つい見とれる。

そのことに気づいたのだろう。くちびるを重ねたままの和明さんが、くぐもった声で、「こら」と呟いた。

「目を閉じろ」

慌てて目を閉じ、今度はうっとりするような熱を味わった。すこしひんやりしたくちびるが角度を変えて何度も重なってくる。まっすぐ立っていられなくなった僕は彼の逞しい背中に手を回してしがみつく。しっかりした肩甲骨《けんこうこつ》、硬い骨が連なる背骨を指先で確かめていると、吐息を漏らした和明さんがこつんと額をぶつけてきた。

「このままベッドに連れ込みたいぐらいだ」

「……っ」

彼がその気なら、僕だってそうしたい。

でも、和明さんは入学したてだ。僕だって、彼に出会ったばかりだ。

この激しい鼓動が、僕たちをけっして離れられない運命の番だと告げているけれど、慌ただしく身体を重ねるのは早すぎる。

今度はちゅっと頬に軽くキスしてきた和明さんが、ちいさく笑った。

「おまえを抱くのはもうすこし先だな。まずはお互いにこの学園に馴染んでからだ」

「……はい。あ、荷ほどきお手伝いしましょうか」

「いいか？　さして持ち込んでないんだが、片付けはどうも苦手でな」

「任せてください。僕、こう見えても優秀なハウスキーパーだったんですよ」

彼に代わってキャリーケースを開き、中に詰まっていた服や下着類を取り出し、クローゼットに収めていく。和明さんはシックなスタイルが好きらしく、モノトーンの服がほとんどだ。新品の下着類はパッケージに入ったままだったので、すこし気恥ずかしさを覚えながらも、引き出しにしまった。

十分もすると荷ほどきは終わり、ソファに腰掛けていた和明さんに「紅茶でも淹れましょうか」と言ってみた。

「悪いな」

「いいえ、このぐらい」

ミニキッチンに立ち、電気ポットで湯を沸かす。戸棚から優雅なカーブを描く取っ手のついたカップとポット、茶葉を取り出し、熱い湯で順々に温める。ふんわりと熱を帯びたポットにダージリンの茶葉を入れ、そっと湯を注ぐ。それらを木製のトレイに載せ、彼が座るソファの前のテーブルに運んだ。

「手際がいいな。ハウスキーパー歴はどれぐらいだ？」

「高校生の頃からバイトしていたので、四年ほどです」

充分に蒸らした紅茶をカップに注ぎ、「どうぞ」と彼に渡す。

「ああ、ありがとう」

黙っていれば怜悧《れいり》な相貌も手伝って冷たそうに見えるひとなのに、ちゃんとお礼を言ってくれたことで余計に好意が募る。

「……うん、うまい」

「よかった」

ほっと胸を撫で下ろして、僕も隣にお邪魔し、カップに口をつけた。

「美味しいですね。さすが華園学園、用意されてる茶葉も品があります」

「そうだな。でもおまえの淹れ方が丁寧だったこともあるだろう？　よかったらときどき飲ませてくれ」

「はい、ぜひ」

笑って、僕はほんのすこし、彼との距離を縮めた。

この話の続きはまた今度。

○月×日

華園学園に入学早々、友だちができた。彼の名前は葉月煌《はづきこう》。僕と同じオメガで一歳上なんだけど、恥じらうように笑うとすこし幼く見えてとても可愛くて綺麗だ。さらさらした髪と大きな瞳が特徴的で、煌を見たひとは目が離せないはずだ。

煌より一週間先に入寮していた僕はいろいろとお節介を焼き、学園内をあちこち案内しまくった。

「玲一、ほんとうにありがとう。きみがここでの最初の友だちだね」

彼の部屋で、一緒にお茶を飲んだときに煌が嬉しそうに言った。

「うん、オメガ同士、頑張ってこ。そうそう、この学園には、第二性よりも大事な立場があるんだ」

「どういうの？」

「生徒は、薔薇、次にマーガレット、かすみ草クラスに振り分けられる。……残念ながら僕と煌は一番下のかすみ草クラスなんだ」

「それって……」

「そ、いわゆる格差社会。第二性によるところも大きいけど、生徒それぞれの才能に応じてクラス分けされてるんだ。僕たちかすみ草は、一番上の薔薇に会ったら直接話しかけちゃいけないし、目を合わせるのもだめ。あちらから話しかけてくるまで、頭を下げるんだ」

このことは、前もって薔薇クラスに配属された和明さんから聞いた。

僕だって驚いた。オメガだっていうだけで結構な差別を受けてきたのに、学園に入ってからはさらに最下層の生徒になるなんて。

「でもね、大丈夫。三か月ごとに行われるお茶会で、クラスの振り替えがあるんだって。それまでに成績や態度がよければ、僕らだってマーガレットや薔薇になれる」

元気づけるように言ったが、煌は不安そうな色を隠せなかった。

彼の気持ちはよくわかる。僕自身、どうすれば上のクラスに行けるか謎だったから。

でも、ここで多くのことを学んで、薔薇クラスで無事に卒業できれば、その後の社会的ポジションはその名のとおり薔薇色だ。

「僕は最高のハウスキーパーになって、大好きなひとと温かい家庭を築きたいんだ」

胸を張って言うと、煌の揺らいでいた瞳がすこしやわらぐ。

「もしかして玲一、もうすでに相手を見つけたの？」

「ん、薔薇クラスの氷室和明さんってひと。すごくかっこよくて、これぞアルファって感じのひとだよ。寮長を務めるんだって。今夜のパーティで煌にも紹介するね。……あ、それと、マーガレットクラスの印南誠司《いんなみせいじ》さんってひとも素敵だったな」

ベータの誠司さんは、和明さんにすこし遅れて入学してきたひとで、穏やかな笑顔が魅力的だった。和明さんとは対照的だけど、瞳の色が似ていたこともあったし、なによりオメガの僕にやさしく挨拶してくれたことで好印象を抱いた。

「でも、僕の運命は和明さん。目と目が合った瞬間に、お互い運命を感じちゃったんだよね」

「すごい。そんな映画みたいなことがほんとうにあるんだ」

「ね、僕もびっくり。煌にも絶対運命のひとがいるよ、その予兆を感じたひとに出会ったら、一番に僕に教えて」

「わかった。そうする」

楽しそうに笑う煌はやっぱり綺麗だ。可愛い、とよく言われる僕とはまったく違うタイプで、清潔な色気が感じられる。

「あ、あ、でも、和明さんは僕の運命のひとだからね。どんなに煌が綺麗でも譲れない」

焦る僕に、煌はくすくすと笑って、「邪魔しないから」と言う。

煌は話しやすいし、真面目なところも大好きだ。僕の大切な友人。

その夜、学園の敷地内にあるホールで開かれたパーティに、僕は煌と一緒に参加した。最初は薔薇やマーガレットクラスの華やかさにふたりとも怖じけていたけれど、ひときわ華やかな生徒たちのなかに和明さんの姿を見つけて、思わず煌の腕を摑んだ。

素敵なひとがたくさんいても、なかでも和明さんは際立っていた。姿勢がよく、すっきり見える。

「煌、煌。あのひと、和明さんだよ。来て、紹介するから」

「え、でも、あそこは薔薇ばかりだよ」

「大丈夫、マーガレットクラスの誠司さんもいるみたいだし」

多少強引な感じで煌を引っ張り、和明さんに近づいた。向こうも気づいたみたいだ。

「玲一、いたのか。皆、紹介する。俺の番の周藤玲一だ」

余裕たっぷりに僕の肩を抱いた和明さんが、白いクロスが敷かれたテーブルに集うひとたちに紹介してくれる。

のっけから「番だ」と言われて、こそばゆい。

もじもじしていると、うしろに控えていた煌が緊張で身じろぎしているのが伝わってきた。

「そっちは？」

「僕の友だち。ね、煌」

勇気を出すように彼の背中に手を添えると、おずおずと煌が一歩前に踏み出る。

「はじめまして、葉月、煌です」

「おまえもオメガか」

「そう、です」

がちがちにこわばっているのがわかったから、「大丈夫」と声をかける。

そのときだった。和明さんの隣に立つ黄色のネクタイを締めた誠司さんが、煌ににこりと笑いかけてきた。

「はじめまして、マーガレットクラスの印南誠司だ」

「は、はじめまして」

誠司さんはベータだけど、ふんわりとやさしい空気をまとっていて、親しみやすそうなことに煌はほっとしたみたいだ。

前もって名前を教えておいたことで、煌も誠司さんとなごやかに話し始める。それを横目で確認していると、軽く耳を引っ張られ、「こら、おまえの番は俺だぞ。よそ見をするな」と小声で囁かれる。

甘さを忍ばせた声に、びくんと身体が震えた。

このひとが、ほんとうに僕の番。

ひと言囁かれただけで、腰砕けになってしまう。

……早く、抱かれたいな。絶対に相性は抜群だと思うけど、全身で和明さんを感じたい。

そんなことを考えると、身体の奥底で快楽の予兆が波打つ。

このひとは、どんなふうに僕を抱くんだろう。

どんなふうに導いてくれるんだろう。

勇気を振り絞って顔を上げると、タイミングよく和明さんと視線が絡まった。

「目が潤んでるぞ」

「シャンパンの、せい」

僕らしくなく、声が上擦ってしまう。

長身の和明さんが腰をかがめて、僕の顔をのぞき込んでくる。

「じっくり愛してやる」

扇情的な言葉に、震えないひとがいるだろうか。

視界の片隅で、煌と誠司さんが楽しげに話していた。さっきよりも親密そうで、肩を寄せ合い、くすくすと笑っている。

煌にも、いい恋してほしいな。

この話の続きはまた今度。

○月×日

和明さんと密に接する日々の中、僕は彼の不意打ちのキスの虜になった。

たとえば、夜。かすみ草の寮まで就寝点呼に来る寮長の和明さんが、あたりを見回してこっそり僕の部屋に忍び込んできて、寝る準備を整えた僕におやすみのキスを残してくれたり。

あるいは、授業の終わった放課後、たまたまふたりきりになって、窓から入る陽射しを浴びながら、そっとキスを交わしたり。

もっとどきどきしたのは、偶然にも階段の踊り場で和明さんと出会い、目が合うなり、ちょっと強引な感じで腕を摑まれて引き寄せられ、くちびるを奪われたり。

冷ややかな印象の強いひとの熱っぽいキスに溺れ、次はいつなのかなとか考えてしまうようになった。

ある日、和明さんが就寝点呼の際、「今度の週末、俺と箱根《はこね》に一泊二日で出かけないか」と誘ってきた。

かすみ草だけだったら日帰りしかできないけれど、薔薇クラスなら三日間の外泊が許されている。

嬉しくて嬉しくて、つい彼に抱きついてしまった。そんな僕の鼓膜に、「――おまえを抱くからな」と低い声が忍んできた。

途端にぶわっと体温が上がる。

「抱く、って……あの」

「そろそろキスだけじゃ我慢できないだろ？　俺はそうだ。おまえは違うか」

確かめるような言葉に、ふるふると頭を横に振った。

覚悟ができているかといえば、そうでもない。

期待は高まる一方だけれど、いざそのときになってみないとわからないことばかりだ。

こころを決めて、僕は背伸びをして彼にくちづけた。

この話の続きはまた今度。

○月×日

車を思いきり飛ばしてもらい、流れる景色に僕は歓声を上げていた。

後部座席では、猛スピードに慣れていない煌がぴったりと誠司さんにくっついていた。

和明さんが運転するサーブは箱根ターンパイクを走り抜け、急カーブをきわどく攻めていく。

頂上では皆で写真を撮り、日が暮れる頃、山中にある旅館へと辿り着いた。

ここは、氷室さんちの定宿らしい。二部屋しかなくて、それぞれ室内に露天風呂がついている。

贅の限りを尽くした旅館内で僕たちは美味しい夕食に舌鼓《したつづみ》を打ち、きらきら輝く星を見に行くこともした。

身体が冷えてきたので、「部屋に戻ろう、風呂だ風呂」と言う和明さんと手を繋いだ。ちらりと肩越しに振り返ると、煌たちも距離を縮めている。

いい感じ。つい微笑んでしまうけれど、このあと待っている時間に想いを馳《は》せると、鼓動が駆けだす。

今夜は、学園を離れて和明さんとふたりきり。

抱くからな、と言われたあと、ずっと頭がふわふわしていた。

どう触れられてもはしたなくよがる自分が想像できたから、必死に欲情を抑えて部屋に戻った。

しんと静まりかえる室内で、和明さんがこたつにもぐり込み、「先に風呂に入っていいぞ」と言う。

「ん、……じゃあお先に」

新しい下着を持ってサニタリールームに入り、浴衣を脱ぐ。鏡には、薄い身体が映っていた。

自分ではどうとも思わない身体だけど、和明さんを喜ばせることはできるだろうか。

ああだこうだと考えながらシャワーブースで丁寧に身体と髪を洗い、からりとガラス戸を開け、露天風呂に足を入れた。檜でできたお風呂はかすかにいい香りが漂い、ゆったり過ごすことができる。

木々の向こうに、輝く星が見えた。それに手を伸ばしながら湯を浴び、じんわりと芯から温まったところで外に出て、バスタオルで全身を拭い、もう一度浴衣を羽織る。

帯をしっかり締め、「お待たせ」と部屋に入れば、文庫本に目を落としていた和明さんが顔を上げた。

どこかまぶしそうな顔をしているのが、印象的だ。

和明さんは生徒たちをまとめる寮長だけあって、成績は学園ナンバーワンだ。つき合うようになって知ったことだけれど、和明さんは時間があればよく本を読んでいる。

備えつけの冷蔵庫からサイダーを取り出し、「なにを読んでるの」と訊きながら僕もこたつに入った。

「怪盗ルパンだ」

「え、なんか意外。和明さんでもそういうエンタメ小説読むの？」

「幼い頃から好きなんだ。ホームズもおもしろいが、大胆な行動に出るルパンは何度読んでもおもしろい。これは大人向けに翻訳されたものなんだ。読み応えがある。俺が風呂に入っている間、読んでいてもいいぞ」

ほら、と手渡してきて、和明さんはさっさとサニタリールームに向かう。

文庫本のページをぱらりとめくれば、ちいさな文字がぎっしりと並んでいる。ルパンの活躍に胸を躍《おど》らせる和明さんを思い浮かべ、ひとり頬をゆるめていた。

背後からかすかにシャワーの音が響いてくる。続いてガラス戸を開け、湯を跳ねさせながら露天風呂に入る気配も。

裸の和明さんを見たことは一度もなかったから、喉がからからに乾いてくる。

ほんとうに、僕を抱いてくれるんだろうか。

直前で醒《さ》めたりしないだろうか。

どきどきしながら文庫本を弄っていると、背後に和明さんが立つ。振り向けば、すこし湿った髪をタオルで拭きながら堂々と浴衣をまとう彼がしゃがみ込み、おもむろに僕の顎をつまんでくちづけてくる。

「ん……っふ……」

いままではくちびるの表面を重ねるだけのキスだったけど、今夜は違った。

熱い舌がくねり挿ってきて、僕を翻弄する。きつく舌を搦め捕られたかと思ったら、腰裏が疼くほどにうずうずと擦られる。

……気持ちいい。たちまち頭の中がぼうっとしていく。

ちゅくちゅくと舌を吸われながら立ち上がらされ、隣の部屋へとおぼつかない足取りで歩いていく。

そこには薄闇が広がっていて、ふた組の布団が隙間なくぴったりとくっついて敷かれていた。

腰に回る手が熱い。そこが甘く痺れ、早く身体中をまさぐってほしいと浅ましい願いを抱く。

「かずあき、さん……」

「俺に任せろ。玲一は男との経験があるのか」

組み敷かれ、顔が近づいてくる。

真剣な表情に嘘はつけなくて、「……二回、ぐらい」と明かした。すると和明さんは一瞬眉をひそめたが、次には不敵な笑みを浮かべる。

「俺がすべて塗り替えてやる」

「……うん……あ……っぁ……あ、そんなとこ……弄っても……感じない……っ」

「ここだって性感帯のひとつだ」

胸の尖りをくりくりと捏ねられ、つきんと針で内側から刺されるような快感がこみ上げてくる。乳首を愛撫されるなんて初めてだったから、どう対応していいかわからない。

だけど、気持ちいいのは間違いない。

こりこりと肉芽を弄っていた和明さんが、唐突にそこをべろりと舐め上げてくる。

「……ひ……っ」

ぞくりとするほどの快楽に放り込まれ、じんじんとした疼きを孕んだ乳首がぷっくりとふくらんでいく。それを確かめた和明さんが腫れぼったくなった乳首の根元を指でつまみ、きゅっきゅっと扱きながら、先端を口に含む。

「んー……っぁ……ゃぁ……っ」

「気持ちいいか」

「ん、ん、いい……あ、ん、なんか、おかしく、なっちゃう……」

声をかすれさせると、肉芽をがじりと噛まれて極彩色の快感がほとばしる。

乳首を吸われたり噛まれたりするだけで、もうイってしまいそうだ。そんなのはいやだ。もっと和明さんを感じて、一緒に達したい。奥歯を噛んで絶頂感を堪えていることに気づいたのだろう。和明さんが僕の浴衣を大胆にはだけ、硬く盛り上がった下肢に手を伸ばしてくる。

下着の縁を押し下げられると、とろっと愛蜜をこぼす肉茎が飛び出す。

「や、やだ、……は、ずかしい」

「もっと恥ずかしいことするんだぞ」

彼は楽しげに笑い、顔をずらして鋭角にしなる肉竿を突然咥え込む。

「あ……！」

熱い舌がひたりと裏筋に張りつき、亀頭を口に含まれたかと思ったら、そのまま淫猥に舐り回された。じゅくじゅくといやらしい音が僕にも聞こえ、羞恥に身悶えた。

先端の割れ目を舌先でほじられ、媚肉を舐められる快感にとうとうしゃくり上げた。

「こんなの……こんな、の……しら、ない……っあぁ、あ、出ちゃ……イっちゃう……！」

「飲んでやる」

「ん、んーっ、あぁっ、あ、あ、あ！」

全身が燃えるような絶頂感に呑み込まれ、つい彼の頭を両手で掴んでびゅくびゅく放つ。

発情期が近いせいか、ひどく感じやすくなっているみたいだ。

和明さんは躊躇《ちゅうちょ》なく僕のそこを掴み、精液をすべて舐め取っていく。じわん……とした快感が頭の底を占めていて、力が入らない。だけど、身体の奥がずきずきと甘く疼いていて、もっと強い快感をほしがっていた。

もじもじと腰を揺らすと、たっぷり垂らした愛蜜を指に取って、和明さんが両足を大きく割り開いてくる。それを最奥の窄まりに塗り込め、縁をやわからくしたあと、すうっと指を忍び込ませてきた。

「あ……っ！」

ぬくりと挿り込んできた指は僕の中を自在に動き、そのうち上側を執拗に擦りだす。

「あ、あっ、だめ、そこ、かず、あきさん……っ」

勝手に声が漏れてしまうほどの快感だった。

中をもっと探ってほしい。奥まで来てほしい。媚肉がうごめき、彼の指に絡みついてしまう。

「か、ずあきさん……っん……」

指が二本から三本に増え、ばらばらに動きだし、快感を広げていく。

しっとりと内側が潤んだことを確かめた和明さんが舌なめずりし、上体を起こして浴衣をはだけた。その中心に目が吸い寄せられ、胸がばくばく言いだす。

「すご……おっきい……下着、穿いてこなかったの……？」

「おまえをすぐに抱きたかったからな」

楽しそうに言う和明さんが逞しく反り返る肉棒の根元を摑み、扱き上げる。とろーっとしたしずくが先端から垂れ落ちているのがなんとも卑猥だ。手を伸ばし、そっと先端に触れてみると、とても熱い。

「これがいまからおまえの中に挿るんだ。いいか」

「……うん、……やさしく、して」

つかえながら言うと、和明さんは目を瞠ったあと、顔をほころばせた。

「ああ、約束する……と言いたいが、どうかな。じっくり攻め込むつもりだが、おまえのほうが我慢できなくなるかもしれない」

「……そんなこと、ない」

くちびるを尖らせる。僕はそんなに淫乱じゃない。……たぶん、だけど。

ゆるめた窄まりに切っ先をあてがった和明さんが視線を絡めながら、「挿れるぞ」と呟く。

「ん、ん……あ、あぁ、あ……っ！」

見た目よりも太くて長い熱杭に穿たれ、自然と喉が反り返った。

中で感じる和明さんはとびきり熱くて、雄々しい。

充分にほぐしてもらえたことで、痛みは一切感じなかった。それよりも、ゆったりとした抜き挿しに意識を持っていかれ、ひっきりなしにあえいでしまう。

締まる肉洞を次第に激しく突き上げてくる和明さんの背中をかきむしり、腰をたどたどしく揺らめかす。奥へ奥へと誘い込んでいるような動きが恥ずかしいけれど、ほしい気持ちはほんとうだ。

「あ、んっ、ん、んっ、きもちいい……っ……変になっちゃうよぉ……」

ぐっちゅぐっちゅと淫らな音を響かせながら突き込んでくる彼の腰に両足を絡みつけ、内腿ですりっと撫で上げた。

もっと、奥にほしい。

すると和明さんが僕を横抱きにし、片足を持ち上げて背後からずんずん貫いてくる。さっきよりも角度を変えてずっと奥を突いてくるひとは、がら空きの胸をまさぐり、乳首を捏ねながらさらにずりゅっとねじ挿ってきた。内腿に食い込む指すら気持ちいい。

「ん、んっ、だめ、和明さん、そこ、だめ、深い……っ」

「ここがいいんだろう?」

「あ、う、でも、でも、あ……だめ、なんか、きちゃう……くる、くる……!」

「中に出していいか」

「出して、いっぱい、出して……っ奥にかけて……っ」

「孕むぞ」

くすりと笑った和明さんが一層強く突き上げてきて、忘我の境地に陥る。ずっとイきっぱなしの状態で、はしたない声がどんどんあふれて止められない。

「――玲一」

言うなり、和明さんが僕の肩に歯を突き立てた。ぎりっと強めに噛まれた途端、我慢に我慢を重ねた快感が鮮やかに弾けた。

「あ、あっ、あ――あ……！」

「……玲一」

生々しく脈打つ彼のものが内側でふくらみ、どくんと撃ち込んでくる。

受けたばかりの快感に息を切らしながら、きゅうきゅうと締めつけてしまう僕の中の余韻を楽しむかのように、和明さんがゆっくりと出たり挿ったりする。

飲みきれない残滓《ざんし》がとろっとあふれ出して、内腿を濡らしていく。

「すご、かった……おかしくなっちゃった……」

「もうおまえは生涯俺のものだ」

「……うん。ずっと離さないで」

「ああ、絶対に離さない」

肩越しに振り返り、繋がったまま甘いキスを交わした。

温かなやさしいくちづけを繰り返しているうちに、中で和明さんのものがむくりと頭をもたげる。

「……もう?」

頬が火照るのを感じながら軽く睨んでも、和明さんは涼しい顔だ。

「一度だけじゃすまないだろ?」

もっともだ。僕だって、摩擦された肉襞が微弱に震え、彼に絡みついてしまう。

ふと、ひんやりした空気が肌に触れる。

視線をずらすと、露天風呂のあるベランダに通じる窓が細く開いていた。

夢中で和明さんを求めていた間は気づかなかったけれど……もしかしたら、僕の声、隣の部屋に筒抜けだったかもしれない。

「煌たちに聞こえちゃったかも……」

「最初からそのつもりだ。俺たちの声に煽られて、あいつらも求め合えばいい」

自信満々に言う和明さんに苦笑してしまった。

「和明さんのそういうところ、大好き」

「だろ?」

ウインクする和明さんに再びくちびるをむさぼられ、僕は新しい快感に呑み込まれていった。

この話の続きはまた今度。

○月×日

この日記を書くのも久しぶりだ。

僕はいま、和明さんと、彼の間にできた子の結《ゆい》と三人で暮らしている。

ここに至るまで、ほんとうにいろんなことがあった。

華園学園――あの場所で、僕は一時《いちじ》、薔薇クラスにまでのし上がった。和明さんと同じクラスだと思ったら有頂天になったけれど、その直後、親友の煌がかすみ草よりも下の雑草クラスに落とされたことを知って、頭に血が上り、華園理事長に食らいついた。

『葉月煌はふしだらだ』

そんな理由で、皆から蔑まれる雑草クラスに落とされるなんて。

煌がふしだらだったら、僕だって同じだ。しょっちゅう和明さんと触れ合っていたのに。

どうして僕だけが特別扱いされたんだろう。そんな疑問を和明さんにぶつけた。『俺が学園一の優等生のアルファだからだろう。優秀なアルファの番は才能ある子を産むと言われている。対して、誠司は……ベータだ。オメガはベータの子を孕まない。そこを鑑みて、理事長は葉月を価値なしと見なして、雑草に落としたんだろうな』

そのときの和明さんはとても苦しそうだったから、反駁《はんばく》できなかった。

俺様な和明さんとやさしい誠司さん。とても対照的なふたりだけど、なぜか瞳の色は似ていた。そのことに気づいていたのは僕だけだった。ふたりの間にはなにか繋がりがある。だけど、容易に口にできることではなかったから、申し訳ないけれど、煌にも黙っていた。

煌が雑草クラスに落とされあと、しばらくして学園ではクリスマスパーティが開かれた。この日だけは雑草の煌も参加できたので、僕らは一緒に会場へと向かった。

シャンパンを楽しみ、料理を食べ、ほどよいところで軽やかなワルツが流れだし、僕は和明さんに誘われて踊った。

ちらりと周囲を見回すと、煌も誠司さんと楽しげに踊っていた。

よかった。ほんとうによかった。つらい日々を過ごしていた煌には素敵な想い出を残してほしかった。

でも、異変が生じたのはすぐそのあとだ。

くらりとめまいに襲われた次に吐き気がやってきて、僕は心配する和明さんと一緒にトイレに駆け込み、ひとしきり胃の中を空にした。それでも吐き気は収まらず、医務室へ行くことにした。風邪の引き始めかと思ったからだ。

医務室には先客がいた。青白い顔をした煌と誠司さんだ。

誠司さんはどこか覚悟を決めた面持ちだった。『気分が悪い』と僕が訴えると、誠司さんは救急箱から細長いパッケージを取り出し、僕に渡してきた。

『念のために、試してほしいんだが、いいかな』

パッケージに目を落とし、息を呑んだ。

――妊娠検査薬。

僕が？　僕が妊娠？

相手は間違いない、和明さんだ。

トイレに入って検査薬を試してみたところ、ばっちりサインが出た。

自分でも信じられない思いで、ふらふらと和明さんに近づき、『僕、妊娠してるみたい』と検査薬を渡したら、彼も目を瞠っていた。そしてすぐに僕を抱き締め、深みのある声で『ありがとう――玲一、ほんとうにありがとう』と言った。

すこし涙が滲んだ声を聞くのは初めてで、僕も胸が熱くなった。

彼の子を宿せたんだ。新しい命を授かったんだ。

でも煌は？　どうして？　彼の恋人である誠司さんはベータだ。いくらセックスしても、誠司さんの子を宿せるはずがないのに。

直接聞こうとしたところ、運悪く、華園理事長が医務室に入ってきた。

そして、僕たち全員を雑草クラスへ降格、卒業まで地下室で暮らせと命じてきた。

冗談じゃない。そんな非人道的なことが許されてなるものか。真っ先に誠司さんが理事長に飛びつき、格闘している最中に『逃げろ！』と叫んできた。

『俺が理事長を押さえる。和明は煌くんと玲一くんを頼む』

『——でも兄さん』

焦燥感に駆られた和明さんのくちびるからこぼれた言葉に、はっとなった。

——兄さん、と呼んだ。

誠司さんが和明さんのお兄さん……？

頭がぐるぐるしていたけれど、和明さんに急かされて、僕たちは駆け足でその場をあとにした。すぐに追いついてきた誠司さんとともに学園を逃げ出し——和明さんの手配で、僕たちは、数々の困難を乗り越え、煌とそろって無事に我が子を産み、穏やかに暮らしている。

つれづれに聞いたところ、誠司さんと和明さんはほんとうに兄弟だった。僕でも知っている有名政治家の嫡子が和明さんで、愛人の息子が誠司さん。誠司さんの母は彼が幼い頃に亡くなったらしい。政略結婚していた誠司さんの父親は幸いにも妻と仲睦まじく、和明さんを産み育てたが、ひとり残された誠司さんを不憫《ふびん》に思い、陰ながら支援していたのだとか。いずれ政界に打って出る和明さんを引き立てるために、誠司さんがベータだと偽っていたということも聞いた。

華園学園に誠司さんと和明さんが入学できたのも、彼らの父親の力が働いたのかもしれないと話し合ったが、真偽は不明だ。父親に問うても、彼もこころあたりがないとのことだった。

きっと僕たちの知らないところでさまざまな情報がやり取りされているのかもしれないが——あえて知らなくてもいいことがこの世にはある。

華園学園はいまもあの郊外にあるのだろう。そして、多くの生徒がエリート教育を受けているのだろう。だけど、いまの僕たちにはもう関係のない話だ。

煌と誠司さんとは、都心のマンションに隣同士で住んでいる。家族ぐるみのつき合いで、なにかと一緒に過ごしてきた。

空が秋めいてきた頃、僕と和明さんは、誠司さんたちにドッキリ新婚旅行をプレゼントした。芦ノ湖の湖畔にあるリゾートホテルの宿泊券を贈ったのだ。

彼らが親密に過ごす間、煌たちの子、渚《なぎさ》は僕らが預かることにした。

まるで双子のように育ってきた渚と結はいま、リビングに敷いたお布団ですうすうお昼寝をしている。

「ぐっすり眠ってるな」

「うん」

キッチンで紅茶を淹れていた和明さんが、ティーカップを渡してくれたので、並んでソファに座った。和明さんは以前とずいぶん変わった。俺様なところはまだ残っているけど、僕や結のことを最優先し、家事も率先して担当してくれる。

学園にいた頃は、彼が淹れてくれるお茶を飲むなんて考えられなかった。

でも、ひとは変わるんだ。望めば、とてもしあわせな方向に。

なにも話さなくても、満ち足りている。煌の子と僕たちの子が寄り添って眠る姿を守るためなら、僕はなんだってする。

そう言うと、「俺もだ」と和明さんが強く頷く。

きらきらまぶしい陽の光が射し込む部屋で、僕たちは我が子の寝顔を見守る。

ずっとずっと、こんな時間が続けばいい。

華園学園で学んだのは、しあわせは、自分で掴み取るものだということ。学園のバックアップがなくても、幸福は身近なところにある。それがわかっただけでも、僕は充分だ。煌もきっと同じ気持ちだろう。

「ね、和明さん。……落ち着いたら、ふたりめ、作っちゃう？」

「そうだな。結にきょうだいがいてもいい。また誠司たちと同じ月齢の子がいいな」

「それだと、前もってセックスする日を煌と相談する必要があるよ。ちょっと恥ずかしい」

「俺が誠司に言っておくから安心しろ」

平然と言うひとにくすっと笑い、弾みをつけて彼の頬にキスした。

「愛してる、和明さん」

ありふれた言葉かもしれないけど、何度言ったって満たされる。和明さんは可笑しそうに笑い、僕の肩を抱き寄せた。

「俺をベッドに誘うサインか？」

「え？　いや、あの、……どうだろう」

尻すぼみになる僕の頬を両手ではさみ込み、和明さんがそっとくちづけてくる。
ぎりぎりまで僕は目を開いていた。
誠司さんと同じ、やさしい色を浮かべた和明さんの瞳。
それを確かめて、これ以上ないぐらい幸福感に包まれながら僕は彼に身をゆだねた。
この話の続きは——また今度。

はじめまして、またはこんにちは、秀香穂里《しゅうかおり》です。今回のオメガバは、特別なシステムのある学園ものです。人生、初学園ものです……！

とても楽しく書けました。学園のシステムについて考えるのがおもしろかったです。最初、クラス名について素敵な宝石も考えたんですが、雑草クラスを作るために、花の名前を使うことにしました。王者の薔薇に添えるのはかすみ草が一番似合うなと考えたものの、真ん中のお花についてはなかなか難航しました。

マーガレットは可愛すぎるかな？　と思ったのですが、ひとをやさしくするような花なので、ベータが多いクラスにぴったりかなと。どうでしょうか？　読んだ方のご感想をぜひお聞きしてみたいです。

主人公の煌《こう》はけなげながらも一途で、対する誠司《せいじ》は穏やかながらもじつは秘密を抱えていて……という感じでした。メインのふたりを書くのはほんとうに楽しく、玲一《れいいち》と和明《かずあき》のサブカプも生き生きしてくれました。

この四人が旅行に行くシーン、はちゃめちゃに楽しかったです！　隣の部屋から悩ましい声が聞こえてきたら、そりゃじっとしていられませんよね（笑）。誠司はその名のとおり誠実な人柄ですが、エッチはめちゃくち

あとがき

ゃ上手だと思います。そんな誠司に、煌はだんだんと花開いていくのですよね。玲一はもうちょっと破天荒というか、エッチにも和明にも前向きなので、その違いについて書くのもおもしろかったです。

　個人的なことなのですが、今年は作家業二十周年にあたります。この本の帯をはじめ、ウェブサイン会やインタビューなどの企画もありますので、よかったらぜひチェックしてみてくださいね。二十年……長いようで、ほんとうにあっという間でした。体感的にはまだ三年目ぐらいをうろうろしている気分です。

　クロスさんをはじめ、さまざまなレーベルさんで書かせていただけて、しあわせな二十年でした。振り返るといろんなことがあり、けっして平坦な道ではなかったにしろ、こんなに長く書かせていただけたのは、ひとえに読者の皆様、そして拙作を世に出してくださる関係者の方々のおかげです。今後、どんな話を書いていくかはまだぼんやりとしていますが、一作一作、熱を込めたい気持ちは変わりません。

　この本を出していただくにあたってお礼を。素敵で温かなイラストを手がけてくださったアヒル森下《もりした》先生。もともとアヒル先生の作品のファンだったので、お仕事をご一緒できると聞いたときはとても嬉しかったです。やさしく包容力のある誠司、そして清楚ながらもほのかな色気を感じる煌と、目が離せないふたりを描いてくださり、めちゃめちゃテンションが上がりました……！　お忙しい中、ご尽力くださいまして、ほんとうにありがとうございます。

担当様。いろいろとお手間を取らせてしまいましたが、今後も邁進していくのでどうぞよろしくお願いいたします。

最後に、この本を手に取ってくださった方へ。お読みくださり、ほんとうにありがとうございます。二十年分の、こころからの感謝がどうか伝わりますように！　ご感想がございましたら、ぜひ編集部あてにお聞かせくださいね。

それでは、また次の本で元気にお会いできますように。

CROSS NOVELS既刊好評発売中

仕上げに——噛むぞ

ベビーシッターは
溺愛アルファと天使に愛される

秀 香穂里

Illust 上原た壱

ブラック企業で働くオメガの凛は公園で寂しげな幼児・はるみを時折見かけるようになった。ある日膝を擦りむいたはるみの手当をしたことから懐かれ、彼の保護者であるアルファの芹沢と出会う。恋などしたことのなかった凛だけれど芹沢と目が合った瞬間から身体の奥底が甘くピリピリと刺激されてしまい——。初めての感覚に戸惑う凛に芹沢ははるみのベビーシッターになってほしいと求めてきて…!? 凛の人生は天使のようなはるみと蠱惑的なアルファ・芹沢に薔薇色に変えられる♥

CROSS NOVELS

CROSS NOVELSをお買い上げいただき
ありがとうございます。
この本を読んだご意見・ご感想をお寄せください。

〒110-8625
東京都台東区東上野2-8-7　笠倉出版社
CROSS NOVELS 編集部
「秀 香穂里先生」係／「アヒル森下先生」係

CROSS NOVELS

あなたに抱かれてオメガは花になる

著者
秀 香穂里

2022年11月23日　初版発行　検印廃止

発行者　笠倉伸夫

発行所　株式会社 笠倉出版社
〒110-8625　東京都台東区東上野2-8-7　笠倉ビル
[営業]TEL　0120-984-164
FAX　03-4355-1109
[編集]TEL　03-4355-1103
FAX　03-5846-3493
http://www.kasakura.co.jp/
振替口座　00130-9-75686

印刷　株式会社 光邦
装丁　Asanomi Graphic
ISBN 978-4-7730-6358-5
Printed in Japan